谨以此书献给我的故乡——长顺

献给我喜欢的地方——厦门

献给所有热爱高山和大海的人们

献给陆锦锐医生

长顺如意
十二背后

山峰 著

在你喜欢的
厦门等你

中国大百科全书出版社

图书在版编目（CIP）数据

长顺如意　十二背后 / 山峰著 . —— 北京：中国大
百科全书出版社，2023.6
　　ISBN 978-7-5202-1344-8

　　Ⅰ . ①长… Ⅱ . ①山… Ⅲ . ①长篇小说—中国—当代
Ⅳ . ① I247.5

中国国家版本馆 CIP 数据核字（2023）第 097402 号


出　版　人　刘祚臣
策　　　　划　刘　嘉
责 任 编 辑　常晓迪
责 任 印 制　邹景峰
出 版 发 行　中国大百科全书出版社
地　　　址　北京市阜成门北大街 17 号
邮　　　编　100037
网　　　址　http://www.ecph.com.cn
印　　　刷　北京汇瑞嘉合文化发展有限公司
开　　　本　787 毫米 × 1092 毫米　1/32
印　　　张　9.5
字　　　数　150 千字
版　　　次　2023 年 6 月第 1 版
印　　　次　2023 年 6 月第 1 次印刷
定　　　价　88.00 元

本书如有印装质量问题，请与出版社联系调换　　电话：010-88390677

# 目　录

第一章

"最美书店"

的旅程

年轻时，谁没有过一两次疯狂的行动呢？那种无所畏惧，那种忘乎所以，那种不顾一切，细细想来，真叫人心惊肉跳。

大学一年级下学期开学一个多月后，学校展开大检查。前无古人，后无来者，空前绝后，放假两周。时值4月下旬，西藏林芝桃花盛开。你征得妈妈同意，拿出积攒多年的压岁钱，开始了一生中的第一次独自长途旅行。

到林芝的第二天，也即4月22日这天，你从南迦巴瓦峰的观景台下来，在前往巴松措的路上，一湖泊出现在眼前。湖水碧蓝，晶莹剔透，湖上架一浮桥。桥这头是一个村庄，红瓦白墙；桥那头是一个庄园，雪山桃花。你跟随人群，上浮桥，朝庄园走去。

庄园背靠雪山，面朝湖水，周围长满野生桃树。走下浮桥，花开满枝，曲径通幽。沿花径前行不足 200 米，来到庄园门口。门前左边有一棵古老桃树，树上挂有一木块，木块上书一行启功体大字：云上发呆。这可能是庄园的名字。在大字木块的旁边立有一根木条，条上挂着一面黄色旗子，只见旗子上用楷书写道：

房间用来睡觉，进入房间就好好睡觉；书屋用来读书，到书屋就好好读书；餐厅用来吃饭，坐下来，就应该细嚼慢咽。这三个地方拒绝使用手机，所以没有网络，没有 Wi-Fi。如果你要上网，你要电话，请到庄园大厅。

庄园由三栋藏式建筑组成，主楼有三层，另外两栋算是副楼。主楼雕梁画栋，图案精美，色彩艳丽。内墙上挂着大幅大幅的壁画，雪山巍峨，草甸绚烂，虽然有的已被时光打败，暗淡发黑，但整体依旧栩栩如生。副楼设计讨巧，个性突出。主楼功能最多，设有主人住房、书屋、咖啡厅、艺术家工作室等。副楼为客房，主要是家庭房和爱情房。

客房十几间，类型倒有三种。情侣住爱情房，一家人选择家庭房，单身客首选公寓房。住客多从事艺术或是与艺术相关的工作。有摄影的，有搞文学创作的，有画家，有设计师和旅行家，当然也有企业家和上市公司企业高管。他们来这里，少则待上十天半月，多则长达半年。或是独自一人，或是拖家带口。不用手机，不用电脑，与世隔绝，读书写字、赏花看雪、品茗阅湖，安享属于自己的宁静。

庄园主人名叫之竹，是一位近 50 岁的中年男子。据说，他开这家庄园只是为了在慢慢的时光里等一个叫花迹的女子。

之竹来自新疆，在湖南当过教师，开过饭庄，到贵州种植过猕猴桃，当过牛羊养殖场老板，到广西修过铁路、公路，做过广告，在北京拍过电影，开过旗袍会馆，在大理卖过茶叶，在莫干山开过民宿。经历过人生成功失败，阅尽人间离合悲欢，厌倦了都市繁华、人际交往。几年前，他来到西藏旅行，遇到女大学生花迹，两人一见如故，很谈得来。他们结伴而行，相互鼓励，一起战胜沿途艰辛，一起战胜高原反应。在一个月的时间内，他们几乎走遍了西藏所有知名景点。他们租越野车穿越无人区，从拉萨到日喀则到阿里，又从阿里返回拉萨，经唐古拉山口到林芝，羊卓雍错、玛旁雍错、纳木错、当惹雍错、古格王朝、雅鲁藏布江大峡谷、墨脱的原始森林，让人获得重生的天葬台……一一留下了他们的身影。这趟涤荡人心的旅程，让之竹对人生有了全新的认识，明白生死，懂得放下，知道取舍。他迷恋上了林芝雪山美景和没有受到功利污染的宁静，花迹则看上了这片湖泊，期许有生之年能在此拥有属于自己的庄园，可以写字、读书、发呆，可以与来自天南海北的朋友聊天。让人愉悦的日子总是转瞬即逝，花迹要随父母出国上学，人生没有预设，前方一切未知。分别时，两人没有约定。之竹祝福花迹：心想事成，前程似锦。花迹则给之竹留言：雪山桃花，云上发呆。说者无心，听者有意。两人分别后，之竹就拿出半生积蓄，建造了这个庄园，不为经营挣钱，只为有一天能在这里与花迹重逢。

让庄园的名气迅速在艺术圈传播开来的是那间书屋。书屋不足200平方米，背靠桃园，面朝湖水，透明玻璃为墙，步入其间，翻书写字，让人心旷神怡。书屋设计用心，配有读书桌，读书桌上有铅笔和纸，配有写字桌，写字桌上有笔墨纸砚，椅子上有绣花靠背、座垫，舒适松软。每张桌子上都有台灯，供夜读用。服务台备有易贡茶、云南普洱、福建武夷山大红袍、祁门红茶、信阳毛尖、绿茶、红茶任选，熟普、生普任挑，水杯自带，多少自取。书屋藏书近三千册，有古老的线装书，也有新近出版的畅销书，有哲学、地方史志，也不缺当代名家小说，佛学著作，旅行、插花等闲情小品类也放了满满一书架。管理灵活，无论是摘录、拍照，还是买、借，均由房客。

这天的雨缠缠绵绵，没完没了，从上午到中午，依然故我，下个不停。天气留客，你没有再前往巴松措，打电话推掉在林芝预订的酒店后，就在庄园开了一间公寓房住了下来。

傍晚在餐厅吃罢晚饭，到屋外走了一圈，清冷袭人。时光难熬，无聊之下，闲逛书屋。你不算是热爱读书之人，偶尔的课外阅读，也只读读张爱玲、三毛、安妮宝贝、村上春树等人的作品。平时几乎没有喝茶的习惯，但出于好奇，你要了一杯易贡茶，不是想喝，是想感受西藏唯一的茶场——波密县易贡乡铁山茶场生产的茶，是不是真如介绍所言"汤色明亮，香气持久，味醇回甘"。你终究不是懂茶之人，抿了一口，不知其味，只好弃杯而逃，前往书柜，挑选心仪之书。

走一圈下来，喜欢的书多是已经读过的，不喜欢的却懒得翻阅。失望之余，新书推荐柜中一本《本草恋歌：在你喜欢的厦门等你》，让你眼前一亮。

你拿起翻阅，一张信纸从书中滑落下来。你以为是书页脱落，赶紧伸手捡起。纸上贴了一张以南迦巴瓦峰为背景的照片。照片上的人身穿灰色运动服，冷峻内敛，像极了你喜欢的演员易烊千玺。纸上其他部分则是手写钢笔字，字体工整、清新，如带露的野花，讨人喜欢：

《本草恋歌：在你喜欢的厦门等你》，我很喜欢这本书。我希望我的这次旅行，就像书里写的一样，会有最美的遇见。

我一直告诫自己，人生苦短，生命宝贵，不要去做自己不喜欢的事，不要去和自己不在同一频道上的人交往。如果你能看到这封信，并不讨厌，想必我们有缘。

我叫长顺如意，是一名自由摄影师，摄影既是我的爱好，也是我的事业。一个人最大的幸运，莫过于在他年轻的时候，发现他人生的使命。我热爱摄影，把地球

《本草恋歌：在你喜欢的厦门等你》是一本新近上市的热门小说，全国书店的新书推荐柜上都有它。如果是横着摆，我会把信夹在从左往右数的第9本书里，如果是竖着摆，我会把信夹在从上往下数的第6本书中。如果只剩下一本，我就把信放在第52页。在往后的每一封信的背面，我会把书里我喜欢的句段抄下来，与你分享，愿你阅一封信，也在读一本书，收获人间美好。

美景呈现给世人，就是我的使命。

　　我这次来林芝，主要拍摄南迦巴瓦峰。在地球上，再没有哪座山峰，能像南迦巴瓦一样美得如此绚丽夺目。它是一柄直刺蓝天的长矛，珠穆朗玛峰其实也只有它的一半高。南迦巴瓦峰海拔7782米，珠穆朗玛峰8848.86米，相比之下南迦巴瓦峰似乎矮了不少。但，海拔是以海平面为标准的，而非以山脚为标准。珠穆朗玛峰虽高，但大本营海拔已是5200米。其相对高度不过3600余米。而南迦巴瓦山峰脚下是地球上最深、最长的峡谷——雅鲁藏布江大峡谷，江面海拔最低处不及千米，南迦巴瓦峰相对高度接近7000米，这个数值足以让世人震惊。从印度洋吹来的暖湿气流翻越不过南迦巴瓦峰，于是只能下沉。海拔降低，温度就会升高，印度洋气流在南迦巴瓦低海拔的山坡南麓堆积，又热又湿。于是南迦巴瓦的山坡形成了热带雨林。山脚下是热带雨林，山峰上是冰天雪地，其间垂直分布着地球上所有的自然带，好似从赤道到两极。或许正是这高得让人震惊的南迦巴瓦峰，造就了林芝独一无二的桃花与雪山共存的美景。

　　天公作美，一路顺利，我拍到了我满意的南迦巴瓦峰。我想要不了多久，全球各地的人就会从网上和杂志上通过我的摄影作品，再次认识南迦巴瓦峰，认识林芝雪山桃花，当然还有"最美书店"——"云上发呆"。

在很多人眼里，"云上发呆"只是一个提供食宿的庄园，我则以为，它更是一家雪域高原上的"最美书店"。这里桃花绕屋，背倚雪山、面朝湖泊的读书环境，让人乐不思蜀。

我喜欢逛书店。法国巴黎的莎士比亚书店、荷兰马斯特里赫特的天堂书店、葡萄牙波尔图的莱罗书店、希腊圣托里尼岛上的亚特兰蒂斯书店、美国洛杉矶市中心的最后一家书店、日本东京代官山的茑屋书店，都曾留下我的足迹。我喜欢在书店里，点上一杯咖啡，翻开一本书，任时光流逝。喜欢听书店里翻书的声音，喜欢看人们走向书架、寻找书籍的眼神。

你喜欢逛书店吗？如果喜欢，大后天中午12点，我在贵州贵阳的"最美书店"——"船上书店"等你。

　　祝

平安吉祥

长顺如意

4月22日

于林芝"云上发呆"

你的心咚咚直跳，除了音响传来《喜马拉雅》原声碟中那首歌曲 Norbu，再没有其他声音。有人在前方书架前驻足，并没有注意到你的存在。几张桌子前都坐满了阅读者，各自认真读写，旁若无人。你竭力使自己镇静下来，来到桌前，装模作样地翻起书来。其实书上的文字，你是一个也读不进去了，你的心神全在那张纸上。那上面的每一个钢笔字，照片上的那个人，撞击着你的内心，让你既兴奋、欢喜，又忐忑不安。每个人都专注自身，并不关注周遭。你发现无人注意你后，拿起桌上的铅笔就在那张纸的空白处胡乱写起来，说是写字，其实根本不知道在写些什么。

窗外，湖水被灯光照射，清澈透明，小雨滴落其上，荡起涟漪，如水墨画。湖岸边的桃树，在灯下，清冷高雅，左边向阳，花已凋谢，满地残红，一地凄凉；右边背阴，花开得晚，正值花期，一枝粉红，犹如少男红唇，让人浮想联翩。你双手托腮，游目窗外，就这样心神不定地发着呆，大约一刻钟后起身，拿起书和水杯，到前台付了款，返回公寓。

你在床上翻来滚去，那封信像镶进了手掌一般，放不下了。你对照片上的这个人充满好奇，充满好感，百看不厌。你一字不漏地把他写的信读了又读，几乎要背下来了，纸的正面、背面，翻来覆去，看了又看，手机号码、QQ、微信、邮箱，人们常用的任何通信地址，一概没有。现在的人都知道用手机去与陌生人约会，这个叫长顺如意的家伙，究竟活在什么样的世界里，居然连一个微信号都不留，还用钢笔认认真真地写了信。没有微信，说不定他没有用手机呢。在这个事事追求快捷的社会，不用手机，这该是一个什么样的神秘达人？你越发对他好奇起来，越发想了解他曾经在哪里上学，是否谈过恋爱，走过哪些地方，和什么样的人在交往，读些什么书，喜欢吃什么样的食物，口味如何，喜欢酸辣还是清淡……你的脑海中塞满了各种各样稀奇古怪的问题，仿佛一辆刹车失灵的汽车，一秒也停不下来。

一晃三个小时过去，你越来越坚信他就是你的真命天子，他能够填埋你的孤独，让你的夜晚不再心空如海。你能够与他分享一切，包括悲伤、痛苦、欢乐。你开始动摇，想改变行程，去赴这千里之约。但这个决定很快就被背包上的行程单打了回去。

贴在背包上的行程单，日期、地点、路线、天气预报，简单醒目，时时提醒着你，时间紧迫，要遵照执行，不得拖拉，以免留下遗憾。源于米拉山口，水面广阔平静，沙洲星罗棋布的尼洋河是你此次行程的第一站；观看中国最美雪峰——南迦巴瓦峰是你此次旅行的第二站（这两个景点，你已经去过，行程单上已经打了勾）；林芝最大的湖泊、藏传佛教宁玛派的神湖——巴松措，是计划中的第三站；平均深度 2268 米、最深处达 6009 米，雪峰插云、桃花朵朵的雅鲁藏布江大峡谷是你将要抵达的第四站；落差高达 400 米，穿山越涧、若隐若现的墨脱汗密瀑布是你不可错过的第五站；时而碧绿，时而深蓝，岛如翡翠的波密嘎瓦龙天池是行程单上重点标注的第六站……

12 天的行程，排得满满当当。

在中国 960 万平方公里的土地上，有着 300 多个地州市，林芝也许是最美丽、最独特的一个。它地处西藏，却没有人们印象中西藏的高寒、荒凉，而是气候宜人，温度适中，水汽氤氲。有人说林芝像瑞士，但瑞士有雪山，没有桃花；有人说，林芝是西藏的江南，但江南有桃花，没有雪山。林芝就是林芝，独一无二，无与伦比，它集雪峰、冰川、峡谷、瀑布于一体，缀林海、草甸、田畴于一身，将极地雪峰、热带雨林的美景全部囊括，它的美已经不是瑞士、江南这样简单的类比所能涵盖的。

自从你 12 岁那年看过一部有关林芝的专题片之后，就下定决心，要把一生中第一次独自旅行留给林芝。今天，你实现了，你来到了她的怀抱，可不能半途而废。如果半途而废，你一定会抱憾终身。但面对突然到来的爱情（你一厢情愿地认为，见到他就能开启你的初恋旅程），你如果不去争取，也会后悔一辈子。你陷入了两难的境地，左右摇摆，无从选择。时间已经快到凌晨，你提醒自己，这个斗争不能这样无休止，你必须迅速决断。

你最后把决定交给硬币。硬币丢到地上，如果硬币正面朝上，你就前往贵州，反之则按原计划前行。你找来一个一元硬币，闭上眼，把它丢到地上。硬币在地上转了几圈后，在你的脚边停了下来，你睁开眼睛，认认真真看了三次，正面朝上，背面朝下。

你没有犹豫，前往庄园大厅订票。次日的票已经被订完，你最后订到了第三天早上 9 点的航班。订好票，躺在床上，你开始幻想着见到他的情形，并带着激动、兴奋的心情进入梦乡。

次日。仰望长天，一碧无垠。你没有去巴松措，你继续住在庄园里。雪山、桃花依旧，你却无心欣赏。坐在床上，拿起长顺如意的照片，看了又看，几乎谙熟于心，你打开那封信，读了又读，几乎倒背如流。好容易熬到中午，有便车前往林芝，你便火急火燎地上了车。

## 2

从林芝乘机飞往成都，再转机到贵阳。

抵达贵阳是在 4 月 25 日中午。

你从未到过的城市。一路辗转，各种耽搁，你来到了船上书店。

小山下有一个湖，湖水清澈，波光粼粼。湖西面是一片湿地，湿地里种植有芦苇，芦苇长得茂盛，不时有白鹭从里面飞出。湖的南面有一块空地，上面铺了很多白色沙子，有很多人赤脚在上面玩，有男人、女人和孩子。沙子的旁边有一条木栈道，木栈道的尽头是一艘船，船停靠在那里，并不游动，或许也从未游动过。远看去，隐约间可以看到船上方黄色旗子上书写的几个黑体字：船上书店。

这无疑就是你要寻找的书店，只是现在，离信上约定的时间已经过去了快三个小时。

船上书店装修雅致，靠栈道的这边列着三大排书柜。书柜里堆满了书籍，多以经济、互联网、创业类为主，也有诸如《藏地密码》之类的长销小说。靠湖的一面，有一排沙发桌椅，中间几张已坐满了人。甲板上有一个露天咖啡台，有几张圆形桌椅，几个穿着正装的人在上面一边喝咖啡一边聊天，他们的服饰上有类似老干妈的企业标识。

书店藏书不多，《本草恋歌：在你喜欢的厦门等你》也仅有寥寥数本。你在几本中间，找到了长顺如意留下的信件。信件上的钢笔字，一如之前那样赏心悦目，他的照片已换了另外一张，背景是神泉谷书店。你点了一杯咖啡，来到船头，面朝湖水，仔细阅读起来：

看了"云上发呆"那封信，你一定对我的名字很好奇吧，为什么叫长顺如意。

这个得从一个名叫长河的男子说起。

很多年过去，长河的记忆历久弥新，仿佛一切才刚刚开启，柳叶刚刚加了他的QQ。

"我叫柳叶，来自重庆，是中文系大一学生。怎么称呼你？"

"我？噢，我姓长，名河，来自成都，就读美术系。"

"长河，你的名字让我想起滚滚长江滔滔黄河。"

"是吗？哈哈……"

那日无聊，长河只当是玩一次撩妹的游戏，一切当真不得。可与柳叶的聊天就犹如滔滔江水，停不下来，止步不得，相见恨晚，一如觅得知音，天南海北，万语千言。

长河答应赴柳叶的约，次日陪她去长顺。关掉手机，他才突然想起，他与她的一夜QQ长谈，是建立在一个不可饶恕的弥天大谎上的：柳叶因为意外得到一包长顺的银杏果，恰逢假期，想去长顺看地球上最古老的银杏树——中华银杏王，就在社交网站上寻求一名女伴前往。长河因为无聊，打发时光，就胡说自己是女生，加了她的QQ。不承想，两人很聊得来。

经过一夜的辗转反侧，第二天长河决定继续欺骗柳叶，男扮女装陪她去长顺……

言归正传。我不知道你是否存在，是否会跟来。或许"云上发呆"那封信根本就没有人看到，早已被书店的管理人员扔进废纸篓。我不过是一个自欺欺人的人。但不管怎样，我始终会这样坚持走下去，就像每一次我自己安排的主题旅行，我不会因为枯燥无味而改变自身，不会因为诱惑懒惰而放弃决定。我会依然故我，把这封信写下去，因为我本身会把这次"最美书店"的旅行进行到底。

相信你来了，船上书店，有无风景，已经摆在你的面前，有无故事，你身在其中，也一定会有所发现。我在这封信里要给你讲的，或许是你没有去过的书店——南京先锋书店，想必这样才有意思，算是你到一个地方，了解到两个地方，算是进入一家书店，逛过两家书店。

被美国《国家地理》杂志评为"全球十佳书店"的先锋书店在一处地下停车场里。斜坡直下，黄线依旧。大厅的斜坡上，停车分割线清晰可见，斜坡两边阶梯上的平台上，摆放着各类书籍，每隔一段距离就有一盏橘黄色台灯。百米艺术长廊，背景墙上的十字架，梵高、毕加索等大师的画像，柱子上波德莱尔、马拉美等诗人的经典名句，简单舒适的座椅，香气浓郁的咖啡，伴随

着这里的一切，就像店主钱小华所说："我想象中的书店就像天堂一样美丽。"徜徉其间，有一股洗涤内心的力量直抵心间。

先锋书店的每本书都由书店创始人钱小华亲自挑选："我把我的一生都奉献给书店，书店是我一生的事业，这辈子我做这么一件事情就够了。"近4000平方米的书店，没有市面上流行的垃圾图书，始终坚持如一，注重图书的格调与品位。在南京这座历史悠久的古都，从来都不缺具有文化底蕴的好去处。先锋书店从1996年开店以来，20余年间，默默发展成为南京一张文化名片，与那些有着千百年历史的古迹并驾齐驱，成为游客必去的景点之一。"哪怕南京陷入黑暗，这里的灯也会为读者亮着。"或许正是钱小华这样单纯而又永恒的坚守，铸就了先锋书店的成功。

信写到这里，时间已经指到12点半。周围依旧安静，没有一个人朝我走来，向我问好。我来，来与不来，我在，在与不在，似乎与这里没有关系。我突然觉得自己是多么的可笑，在这个匆忙慌乱的人间，哪里还有人挤出闲情逸致陪我玩这样的游戏？但当我想把写好的这封信揉成一团，丢进纸篓时，那本放在桌上的《本草恋歌：在你喜欢的厦门等你》仿佛在提醒我，既然已经开始，就不要放弃，纵然一败涂地，总比半途而废强。

好了，时间到了，我得走了。我的下一站是长顺，4月25日中午12点，我会在神泉谷书店等你。

祝

安好吉祥

长顺如意

4月24日

于船上书店

你拿着信，痴痴地站在书柜前，遥想长顺如意离开的样子。或许他并没有走远，还在贵阳，但方圆这么大，你又到哪里找去？你坐下来，竭力让自己内心平静。要不要继续这场游戏，没有人能够给你答案，你越想越乱。咖啡端上来，热气腾腾，可你的内心却寒凉如冰。书店里的人，该微笑的还在微笑，该低语的依旧低语，该翻阅书的旁若无人，把玩文创用品的一脸认真，各自忙碌，无心关注他人。信和照片放在桌上，或许是先锋书店20年的坚守，成就一家"最美书店"的励志故事，让你觉得，你只要坚持下去，就能够与他相见。

# 3

第二天，从贵阳出发，因为堵车，你来到神泉谷时，已是下午两点。

穿过空中玻璃栈道，从画家村接待点往里走，是一峡谷。峡谷中央一池湖水，碧蓝清澈，有鸟飞过，有鱼跃出水面。两岸峰奇山陡，鲜花烂漫。走到木栈道尽头，豁然开朗，两山之间，吊桥横跨，沿河两岸，木楼星星点点。沿路上桥，左面峡谷风光尽收眼底，右边山水人家犹如世外桃源。

木屋造型别致，古朴诗意，是远近闻名的名人民宿。虽不足 20 栋，却栋栋有名有姓。他们都是艺术界的精英，诗人、画家、设计师、作家、音乐家……声名远播，让人仰慕。每一栋风格各异，带有浓郁的个人色彩。艺术家偶尔到民宿创作，多半的时候则是对外出租。最具吸引力的是坐落其中的神泉谷书店。

花香四溢，流水潺潺，远处群山尽收眼底，近处花草芳香迷人。神泉谷书店内除了店员，不见其他人影，你迫不及待来到新书柜前，很快找到了长顺如意留下来的信件。

阳光打在屋檐上，柔和的光从花草间进入书店，你找了一处暖洋洋的地方坐下，点了一杯绿茶，慢慢悠悠读起信来：

时光流逝，过了约定的时间，我终究没能等到你，只好继续以这样的方式给你讲述长河、柳叶的故事。

长河已经想不起，他当年是去哪里找到的服装和假发，也无法再回忆起，他那天是怎么从男生宿舍出的门。只记得，文胸是去超市买的，围脖是跟同学借的，他和柳叶面对面，眼神相遇的瞬间，他低下了头。他为自己的欺骗感到羞愧，因为她实在太美，他不应该这样对待美。但事已至此，戏已开场，他不能临阵而逃。他调整心绪，继续从未有过的表演。或许，是因为喜欢上了柳叶，整个人有点魂不守舍，第一天上午的表现，破绽百出，用柳叶的话说：

"感觉昨日的你，才华横溢，满面春风。今日的你，心事重重，人在寒冬。"

柳叶不枉读的是中文系，说起话来文绉绉的。

"昨夜没有睡好，可能有点小感冒，请多包涵。"长河拉了拉脖子上的围脖，对她说道。

怕柳叶看到自己的喉结，长河把围脖系得严严实实。走起路来也小心翼翼，不敢迈开腿，生怕风把灯笼裤吹开，一双大脚露出来。说话就像一个病人，声音压得很低，好像吐出的每一个字都是秘密。

太阳高照，头戴假发，颈缠围脖，热气升腾。一路上，长河浑身不自在，又别扭又紧张。柳叶对这些似乎视而不见，她反而觉得长河是一个无可挑剔的同伴，热情、懂得照顾人。更重要的是，与长河走在一起，让她多了一份自信——她皮肤白皙、细嫩，长河皮肤粗糙、黝黑；她个子高挑、步态轻盈，长河身材不如她好看，走起路来更是扭扭捏捏，非常不自然。

到贵州上学虽已两年，但柳叶去的地方却并不多，对长顺也是知之甚少。长河则是一个天生的旅行家，从小跟随父母四处游学，养成了去哪儿都先做功课的好习惯。对于长顺，他好似曾经到过一般，县城有什么好吃的、在哪个地段，他全部一清二楚。一到长顺，长河首先拉着柳叶去一家当地人气最旺的餐馆吃顺宴。

"顺宴？"柳叶问道。

"是啊，来长顺，一生顺，游顺景，祈顺福，吃顺宴，住顺庄，带顺货。"

"你的功课做得不错啊。"

"出门做功课，走哪不会错。"

"我出门就没有做功课的习惯。我天生懒。"

"懒人有懒福。"

"这话我爱听。遇到你，我只管玩，啥都不用管了。"

很多年过去，柳叶依然记得那天中午顺宴的一道特色菜——豆腐圆子，外脆里嫩，草木清香。那是顺宴的一大特色，吃过的人，没有不沦陷的。

不过，不知道是长河蓄谋已久，还是阴差阳错，他们要去的地方是位于县城北部的广顺天台，却糊里糊涂地上错了车，前往南部的睦化去了。车开到一半路程，司机停车收车费，这两位才发觉坐错了车。

"睦化没有什么好玩的啊？"柳叶想返程。

"风景在路上，去了就有了。长顺有一个在世界上很有名的地层剖面，就在睦化。自1979年以来，我国先后有两条剖面被列为国际泥盆—石炭系界线层型候选剖面，其中之一就是睦化剖面。该剖面因为沉积连续，化石丰富，对探究原始裸子植物和爬行动物的出现具有很高的科研价值，在地质界闻名遐迩。一切都是最好的安排，遇见的都是最美的。"

"好吧，现在还能怎么样？只有随遇而安了。"

"你觉得世界上有几种雨？"

"一种啊。"

"不对，有很多种。天上掉馅饼，是玩笑。可是，世界上的确有许多奇怪的雨，给人们带来意想不到的'礼物'。比如，西班牙沿海下过一场麦雨，丹麦沿海下过一场虾雨，英国下过一场螃蟹雨，法国下过一场青蛙雨，俄罗斯下过一场银币雨，乌克兰下过牛奶雨，马来西亚下过黑雨，美国下过蓝雨，中国河南下过像血一样鲜红的红雨……"

"这是你自己编造的吧？"

"我没有编造，这是地理趣闻。天下之大，无奇不有。在印度尼西亚有一个洞，能够治疗关节疼痛或神经衰弱；在尼亚加拉有一个洞穴，在每天的不同时候，洞口会变换出不同的形状。西亚沙特阿拉伯北部的'吃铁鸟'可以吃铁；太平洋的赤道奇岛上的啄木燕，可以使用细树枝来捕食；非洲的布隆迪有一种鸟，会使用石块来捕食。"

"这些确实没有听说过。"

"给你讲一个笑话。"

"我上初中时，一次地理课，我们老师要大家简略描述阿拉伯、新加坡、好望角、罗马、名古屋、澳门这几个地方。你知道当时我怎么描述的吗？"

"还能怎么描述，不就是一个地方一个地方地解释吗？"

"不是，我是这样说的：从前有位老爷爷，大家叫他阿拉伯，有一天他出去爬山，当他爬到新加坡时，一匹头上长着好望角的罗马朝他冲过来，说时迟，那时快，他跑进名古屋，马上关上澳门。"

柳叶呵呵笑起来。不等柳叶停下来，长河一本正经地说道：

"一天，地理老师问同学们，中国的江河水向哪里流呀？一学生猛地站起来唱道：'大河向东流啊。'老师没理会他，接着说：'天上有多少颗星星啊？'那位同学又唱道：'天上的星星参北斗啊。'老师气得暴跳如雷说：'你给我滚出去！'学生又唱道：'说走咱就走啊。'老师无奈说道：'你有病吧？'学生唱道：'你有我有全都有啊！'老师吼道：'你再说一句试试。'学生又唱道：'路见不平一声吼啊！'老师大声吼道：'你信不信我揍你？'学生：'该出手时就出手。'老师大怒：'我让你退学！'学生高声唱道：'风风火火闯九州啊。'"

柳叶笑得停不下来。

长河爱好广泛，也是个地质迷，一路上口若悬河，滔滔不绝，一个个枯燥的地理话题被他讲得妙趣横生，也逗得柳叶前仰后合笑个不停。

"今天我才发现，上高中时，我对地理从来不感兴趣，原来不是我的原因，是地理老师讲得不好的原因。要是当年能遇到你这样讲地理的老师，我想我说不定会报考地理专业呢。"

"过奖了，我喜欢地理倒是真的。我小时候的理想就是做一个地理学家，探究地球的秘密。"长河说道。

"我只想卖冰激凌。开一个大大的冰激凌商店。"柳叶说道。

"为什么？"长河好奇地看着她。

"因为小时候胃寒，爸爸妈妈不让我吃冰激凌，所以做梦都想做一个冰激凌店的老板。"

长河大笑。

睦化剖面在一座山头，山形一般，地形普通，对于地理学家来说是难得一见的宝贝，对于非专业人士来说则连风景都谈不上。长河和柳叶站在山头，来回折腾，也没有看出什么究竟，就前往睦化另外一个有名的景点——皇帝坪。

"这里为什么叫皇帝坪？皇帝真来过这里吗？"柳叶问长河。

"来过，皇帝来过，并且是来找建都的地方的。你看这地方多好，视野开阔，一望千里，景观无敌，360度无死角。"

"既然这么好，皇帝为什么没有在这里建都呢？"

"建皇都所在地要有100口井，要有100个坡。一国之都，要山多，山多才能挡住强敌；一国之都，要井多，井多才能不怕干旱。当年他站在这里数，这里只有99口井，只有99座山。99够多了，但要100个才行啊。99那是丞相，皇帝怎么能99呢？皇帝要100啊，皇帝是满分的象征，是天子，怎么能有遗憾呢？要是他数他脚下的坡就好了，他忘记了他脚下的坡还没有数，脚下的井还没有数。他要是数到了，这里就成为帝都了。"

"哪一位皇帝？我感觉你在编故事。"

"这里山高路陡，远离喧嚣，不在交通要道上；这里远离繁华，人口稀少，只有奇形怪状的山、绿如青草的水，这里怎么能建皇都呢？来的皇帝那一定是落魄的皇帝，被赶出皇宫的皇帝。是的，就是被赶出皇宫的皇帝，他的名字叫朱允炆。他是大明王朝开国皇帝朱元璋的孙子，本来这皇位是他父亲朱标的，但他父亲于1392年病故了。他是朱标的二儿子，但长兄早逝，爷爷朱元璋就立他为皇太孙。1398年，朱元璋去世后，他就继承了皇位，改元建文，历史上叫他建文皇帝。他太年轻了，他才21岁，不懂人心险恶，他的大臣对他说，他要坐稳江山，就要狠狠地打击那些对他的皇位虎视眈眈的叔叔和弟兄。他的那些叔叔和弟兄，都被爷爷朱元璋分封做了王，各管一方。他们大权在握，要夺皇位太容易了，他觉得大臣言之有理。

"他不等他们动手，自己就先动手了，他实施了'削藩'政策。他开始派兵袭击开封，逮捕周王朱橚，废他为平民，贬他到云南。接着他又拿岷王朱楩（分封甘肃岷县）、齐王朱榑（分封山东青州）、湘王朱柏（分封湖北荆州）、代王朱桂（分封山西大同）等开刀，或废他们为平民，或把他们关进监狱。他的做法很快让各地的藩王产生了恐惧。有的藩王还没有等他贬废，就全家自杀了。看到他们如此恐惧，他有些欣喜若狂。他没有想到还会有人出来反抗，他以为他们都是他脚下的蚂蚁，他一跺脚就会让他们全部走进地狱。他没有一点防备，他在皇位上悠然自得。

"他在皇帝宝座安稳了一年。但在他稳步走进第二年的时候，他的叔叔朱棣向他举起了反抗的大旗。这个与其等死不如一战的燕王，举起'清君侧'的大旗，发动'靖难之役'，来势汹汹地朝他杀来。作为一国之君，有的是军队武器，他让他的中央军去迎战。第一仗，朱棣被他打得屁滚尿流。比他还有野心的朱棣没有就此罢休，也没有就此放弃，更没有气馁。遇到这样一个不怕死的对手，他没有办法，只有打，要打到对手死掉为止。可是这个朱棣哪有那么容易死？这个家伙越挫越勇，四年之后，反败为胜，攻进皇都南京城。大火烧起来了，金碧辉煌的宫殿火光冲天。这个狠心的朱棣要烧死他。烧死他，朱棣就可以名正言顺地当皇帝了。"

"这个居心叵测的朱棣。"

"他在皇宫里如热锅上的蚂蚁，他心急如焚。他突然想起，爷爷朱元璋在临死时送给他一个朱红锦盒，告诉他遇到紧急之事时打开。他打开了，里面是一套袈裟，他穿上袈裟，从皇宫的秘密地道逃了出来。

"他成了一个和尚，没有人怀疑他是皇帝。皇帝已经被烧死了。坐上皇帝宝座的朱棣已经诏告天下，他建文皇帝已经自焚身亡了。

"一个皇帝哪有这么轻易死去，哪有这么容易化成灰烬？朱棣对外宣布建文皇帝已不在人世，却开始布下天罗地网搜寻他。后来有研究者认为，郑和七次下西洋不为别的，就为了找寻朱允炆。

"建文皇帝究竟是不是被烧死了，他究竟是到了哪里，谁也说不清楚。他成了历史上永远的谜。很久以来，就在睦化这个地方，留下了他到这里选址建都的传说。"

长河的话音刚落，一阵风至，他的假发差点被吹落在地，他赶忙用手薅住。还好，柳叶沉浸在故事中，抬眼望向远处，并未注意到。

山高风大，长河担心再次丢人现眼，喊柳叶下山。

"不虚此行，你应该在这里画一幅画，我觉得在贵州再难找到这样的地方了，视野那么好，风景那么好。"

柳叶这样说，长河其实很想画，但风太大，他无法保证假发稳坐泰山。最后他这样回柳叶：

"这次是要画的，但不是在这里，留到'中华银杏王'去画吧。我们因为那棵古老的树木而来，我想在那里为你画一幅。"

"为我，真的吗？那太荣幸了。我真的觉得将来你应该会成为一个不得了的人物，天文地理懂得太多了。你看，一路走来，地理知识好像没有你不晓得的，历史故事、传说野史你也能说得津津有味。你有才华，对人又好，你要是男生，我一定会追求你。"

长河闻言，一下子怔住了，喏嚅着讲不出话来。等他回过神来，确定柳叶讲的话是真的，整个人感到幸福又兴奋。

"你说的，不可以反悔哈。"

"谁反悔谁后悔。"

"那我去变性了。"

"你去变嘛，没有人要，我要。"

一路上，两人的交谈变得比之前更加轻松愉悦了。

他们有说有笑，一路耽搁，来到睦化街头。这时天色已晚，没有到县城的车了，只能在睦化乡村书店民宿住下。

"你还戴着围脖，不热吗？"见长河从卫生间出来，换了睡衣坐在床上的柳叶问他道。

"不热。"长河感觉浑身不自在。

"对了，听说你们美术系很好玩，招女模特也招男模特，对吧？"柳叶一脸好奇地问道。

"是呢。"长河回柳叶。

"你说，男生在看着女模特画画时，身体会不会有反应？"柳叶一副若有所思的样子。

长河整个晚上如睡在热锅上，不知道如何是好。柳叶的问题特别多。长河还没有来得及回答上一个问题，下一个问题又来了。

"嗨，说说，如果你是男生，你会喜欢什么样的女生？"

"我喜欢像你这样的吧。"长河不假思索道。

"为什么？"柳叶一骨碌坐起来。

"喜欢一个人，应该没有为什么吧。"

"可是女生找男生并不是这样的。其他人是不是这样的我不晓得，我必须要找一个有才气的，和一个没有才气的人在一起，会觉得特别无聊。还有，有才的人，一般都会生活，而且有趣。我个人认为。"柳叶一本正经道。

"如果他不会生活，又无趣呢？"

"那不可能。"

"你怎么这么肯定？"

"我在书上看到过。书上是这么说的。"

夜深了，柳叶还没有睡意，问长河月经一般是什么时候来，是否准时。长河就当没有听到，立马转移话题，我给你说一个好玩的事：

"前天我接了个电话，对方问我买不买房子，不买还会涨。我说已经有几套了，手头实在没钱，对方沉默了几秒钟又说，那你房子卖不卖？现在房价那么高，再不卖就卖不到这价了。我感觉不说实话不行了，就对他说，我是大学生，既没房也买不起房。他沉默了几秒又说，明天有个楼开盘，凌晨3点带上椅子来排队，给你500元一天，干不？我被他深深地感动了。这个卖房的人，实在太牛了。"

柳叶笑起来，说道："类似的笑话还有吗？"

"有。我爸爸的一位英国朋友的朋友的遭遇。那个朋友到南昌出差，他要去机场，遇到的出租车司机不会外语。他又不懂中文，跟司机说了半天也无法让司机明白他要去的地方。他只好张开双臂，比画着飞机的样子。司机恍然大悟，说明白了，明白了。等到司机一溜烟把他拉到了目的地，他下车一看，傻了，原来是全聚德烤鸭店。"

夜半，打雷下雨。柳叶惊醒过来，说她害怕，非要和长河一起睡。长河执拗不过，只能用被子隔着。整个晚上，长河心跳加速，胡思乱想，没有一刻是安宁的。他一会儿觉得柳叶发现他是男生，会一脚踢开他。一会儿又觉得他自己控制不住自己，会抱住柳叶……好容易熬到天亮，第二天上路，一窝绿壳鸡蛋，差点让他彻底露馅……

我喜欢神泉谷，这里有兴义万峰林一样的峰丛，也有小三峡一样的峡谷风光。只是我没能等到你，一起欣赏，一起慢度最好的时光。

此时此刻，神泉谷书店里除了一个来这里查阅资料的女子，就我一个读者。我喜欢这种清静，可以一边欣赏水面上的波纹，一边向你讲述我前年与公路书店偶遇的情形。

三年前，我去遵义骑行，栖身一个驿站，驿站名曰公路书店。

店主伊人是一个性格独立的女子。她原是京城一家上市公司的高管，后来离职，去了大理。一开始她觉得在大理找到了最适合自己的生活方式，后来发现那不过是自我安慰，适合她的日子永远在路上。她就开始了骑行生涯，从新疆到西藏，从西藏到海南，从海南到青岛、大连，最后在厦门鼓浪屿的一间小屋子里住了半个月。她以为那里平静的海风会让自己留下来，但当她觉得自己已经喜欢上厦门这座海滨城市时，内心又变得不安分起来，她又开始了西行之旅，最后报名参加了"赤水全国马拉松大赛"。在这次大赛上，她与他相遇，他就是书店的男主人，一个长相粗犷、性格内敛的男子，名叫白露。

白露来自南京。大学毕业后就考上了公务员。早九晚五一成不变的生活让他厌倦，三年不到就辞职了。

马拉松大赛让白露与伊人不期而遇。两人很聊得来，都觉得遇到了内心深处的那个自己。比赛结束后，两人穿过桫椤、竹海，最后来到那个叫丙安的小镇。在一家老茶馆里，他们学着当地的乡民，花两元钱，点了两碗茶，对坐聊天，从上午一直聊到华灯初上。或许恋爱就是因为两人很聊得来，相看不厌，内心欢喜，没有山盟海誓，没有亲朋见证，两颗漂泊的心决定在这里停靠。她说她不想再去打拼，只想开一家书店度过余生。他说他支持她，只要她开心。

书店没有开在人气火爆的丙安古镇、土城古镇，没有开在赤水城中，也没有开在茅台镇上，而是开在比赛途中，他们初次见面的那个驿站。问起缘由，白露说：

"喜欢运动的人野蛮其体肤，文明其精神。书店开在公路边，更能方便他们。"

驿站位于160公里山地自行车道的赤水段。这条自行车道始自茅台，过习水，最后抵达赤水。赤水因桫椤、竹海、丹霞地貌而闻名。

公路书店临赤水河。河谷蜿蜒，刺桐掩映，远山竹林尽收眼底。早上，雾气从河面升起，沿山而上，漫过竹林，直达天际。夜晚，白昼与晚霞作别，群鸟归来，木船浮水，驶向彼岸。

赤水河，有名的美酒河。中国60%的名酒都产自这条河流经的区域，茅台、郎酒、五粮液、泸州老窖、剑南春……沿河两岸，空气中酒香弥漫。

书店的一楼，一半是酒柜，一半是餐厅。装修高雅，犹如坐落在星级酒店内的咖啡厅。可以吃饭，可以买酒。酒有茅台、习酒、赖茅、摘要、小糊涂仙，价格公道，全部产自赤水河畔。

二楼是书店，以旅行书籍为主，天南海北、国内国外，有图的没有图的，文字的或是手绘的，不一而足，应有尽有。靠着路的这边，满满当当全部是书柜，书柜里满满当当全部是书。靠河的位置，清一色的竹沙发。咖啡、茶、小吃全部以著名诗人、作家、歌唱家、演员的名字命名。

"先生，茶有屈原、李白、苏东坡、曹雪芹，咖啡有帕瓦罗蒂、奥黛丽·赫本、艾玛·沃特森、莱昂纳多·迪卡普里奥和温斯莱特。请问你需要来一杯帕瓦罗蒂吗？"

服务员一本正经，我当时被这么一问，忍不住笑出声来。

三楼提供住宿，干净卫生，价格便宜。

有美术学校的学生十余人，意气风发，披星戴月，一路骑行。路过书店，内心喜欢，暂住一晚，遂占去一大半房间。吃饭喝酒，喝茶看书，秉烛夜谈，不知疲倦。天蒙蒙亮，在鸟声里醒来，却见走廊上摆满了画板。学生们一个个聚精会神，面对雾气升起的群山，靠手上那支画笔，像哈利·波特施展魔法一般，把那一缕缕的薄雾搬到画板上来，活灵活现。随后，一窝蜂地刷牙洗脸，啃个面包，嘻嘻哈哈，骑行上路，消失在赤水河畔。

时间不待人，写下这些文字，一上午的时光消失在窗外河水中，沉下去，拾不起。本是你不来，我不走，但哪知道你来，还是不来。我走已是必须，因为行程早有预设。下一站是"中华银杏王"书店。

祝

安好吉祥

长顺如意

4月25日

于神泉谷书店


足足15页，这封长信，你一口气读完。你感叹长河、柳叶一路奇葩的同时，也对公路书店白露、伊人的爱情羡慕不已。公路书店的故事，让你越发相信，只要你坚持如一，一定能够有最美的遇见。

# 4

搭乘小火车往上走，车外鲜花成海，群峰碧绿，阳光洒落，万物生机勃勃，一切有如初逢，恍惚间，以为梦境。火车启动，歌声响起：

时光停留

开辆小火车去接你

任风吹

任花落

任天蓝云白

年华似水


任雨落

任雪飘

任四野茫茫

琴声呜咽

我卸下一身疲惫


烟树化云

万境归空

只为与你闲坐神泉谷

看山峰成林

花开成海


　　一曲唱罢，火车到站。你走下车，清风送爽，搭乘景区车前往"中华银杏王"书院。

　　这无疑是世界上最美的书院之一。田野尽头，花海深处，隐藏着一栋设计考究的砖楼。砖楼的外观与周边景致和谐共融，没有一点违和感，搭配得天衣无缝。这可能是全球唯一一个以树为主题的书店，各种各样有关树的书籍、画册，应有尽有。让人印象深刻的是那些以"中华银杏王"的树叶、果实设计的各种文创产品，脑洞大开，让人目不暇接。名家的宣传海报还在，这里刚刚举办过一次全国性的讲座。

你进入书院，移目窗外，不远处是闻名遐迩的"中华银杏王"，郁郁葱葱，生机勃勃。一块空地，一匹马站在中央，遥望远处，一个人站在地上，一脸惆怅。一座石头城堡，地面空旷，有人撑起帐篷，有小孩欢呼雀跃。目光收回，书店里没有忙碌的人，每个人都显得很闲散，无论是坐在梯子上看书的，还是站在门廊处低语的，或是拿起书在前台付款的，脸上都不带一丝匆忙。只有你，就像一个在书店里丢了东西的人，步履匆匆，满脸的惊慌失措。你没有看见长顺如意，从店头到店尾，包括各个隐蔽的角落，你都找遍了，就像找一根针一样地找遍了，却没有发现他的身影。

你垂头丧气地来到新书推荐柜，从左至右，找到了那封"约定"的信。和信放在一起的还是长顺如意的照片，只是背景不再是南迦巴瓦峰，而是"厚道书店"。信这样写道：

长河还在院子里做仰卧起坐呢，柳叶风风火火地跑来对他说道：

"长河，这里好奇怪，鸡蛋是绿的。"

"绿壳鸡蛋，这没有什么稀奇的啊。"

"你来看看嘛。"

长河起身，跟随柳叶穿过一栋低矮的房屋。长河在进屋前，假发被屋顶掉下来的一根竹竿勾住了，悬在头顶和竹竿之间。这时，一位怀抱一窝鸡蛋迎面而来的陌生姑娘，猛然看见长河的模样，顿时大惊失色，脚一滑，摔倒在地，鸡蛋滚落。走在长河前面的柳叶踩到了碎鸡蛋，也滑倒在地上。长河这时已经手忙脚乱但快速地把假发套好了，走过来拉起两位女孩。抱鸡蛋的女孩没吭声，而是直愣愣地看着长河，一脸困惑。长河担心事情败露，拉起柳叶迅速离开现场，并关切地让柳叶到屋里换衣服。

换好衣服，柳叶还想拉长河去看绿鸡蛋。

"我们的时间很紧张，得赶快出发了。你是想了解鸡蛋为什么是绿的吧？"

"对啊，这个你也知道？"

"当然知道。绿壳鸡蛋是长顺的特产之一，主要产于睦化隔壁的鼓扬镇，那个地方风景优美。传说当地有一户人家，养有一只母鸡，母鸡要下蛋的时候，去山间觅食，就消失不见了。过了好久，主人在山中找到了那只鸡，并发现它下了一窝绿蛋。后来绿蛋变成了绿壳蛋鸡，绿壳蛋鸡又下了很多很多的绿壳蛋。"

"鸡生蛋，蛋生鸡，鸡越来越多，蛋也越来越多。对吧？"

"是啊，这鸡蛋比白鸡蛋的营养价值更高。很受欢迎。"

"哦，对了，长顺还有一个圆圆的特产，这几天应该还有。我们今晚去广顺镇住，要路过那里。"

"为什么不在县城住？"

"你出来，要住在有故事的地方啊。旅行家出门在外，不会轻易选择一家没有故事的酒店将就留宿。"在柳叶的眼中，出门旅行亦是学习，尽可能多地了解、体验当地最本色的东西，住酒店也不例外。坐落在广顺镇的但家花园历史底蕴深厚，背后故事迷人，自然成为首选之地。

"什么故事？说来听听。"

"到了那里，我再给你讲吧。"

他们很快离开睦化，乘车来到县城。

"你会骑自行车吗？"长河下车后，问柳叶。

"不会。"

"我们骑自行车过去，怎么样？我带你。"

"好啊。"

就这样，长河带着柳叶，骑车赶往广顺。

一路上，柳叶把长河抱得紧紧的，让他非常不自在。他一会儿担心假发会被风吹落，一会儿担心文胸没有扣好，一会儿担心柳叶看出他是男生，一会儿担心轮胎会爆胎。无数的担心萦绕着他，让他无法安心骑行，走不远，又故意说车子有问题，下来检查车子，其实是趁机整理下假发。他有些后悔自己骑行去广顺了。可能正是心不在焉的缘故，他们经过凤凰坝时，不慎摔进了苹果园里。

两人从自行车上摔下来，长河顾不得疼痛，马上起身去拉柳叶。柳叶没有大碍，长河的模样却让她忍不住笑起来。长河这时才发现自己弄得灰头土脸，假发已被撕烂了一块，一小片真发露了出来，灯笼裤也被撕出了一个大洞，露出了很多腿毛。

"你居然还戴假发。"柳叶捂着嘴，笑个不停。

"我头上有一块没有头发，不好看，对，不好看，所以一直都戴着。"

"你可不可以把头套拿下来，让我看看？"

"那不行吧。"

"拿下来，我试戴一下嘛。"

"不是说头皮有一块没有头发吗？"

"没有啊。其实你不戴假发更好看。只是……"

"只是什么？"

"只是有点像男生。"

"是啊，所以我才戴假发嘛。"

"可是，你不会是个男生吧？"

"怎么会呢？来来来，吃个苹果吧。"长河顺手摘了一个苹果，用纸巾擦了擦，递给柳叶。他故意要引开话题。

"我真的觉得你长得很男生，不戴假发更好看。"柳叶接了苹果道。

"这个苹果味道如何？"

"嗯，还不错。没有想到贵州也有苹果园。"

"这就是我给你说的长顺另外一个圆圆的特产——高钙苹果。甘甜中带着微酸，水分足、含钙量丰富，被专家称为最佳补钙水果。高钙苹果是'长顺四宝'之一。"

"另外三宝是哪三宝呢？"

"小米核桃、绿壳鸡蛋、紫王葡萄。"

"这世上好像没有你不知道的。"

在凤凰坝参观苹果园耽搁了些时间，两人来到但家花园酒店时，已是华灯初上。长河觉得如此伪装下去不是办法，但今晚直接把真相告诉柳叶又不妥，他觉得自己该冷静下来，好好思考下怎么弄好这件事。他没有问柳叶就决定了，要了两个单间，两人单独住。

办理好入住手续，走过别具一格的酒店大堂，长河说道：

"中国电影有一个创始人叫但杜宇。被尊为'中国电影之父'的郑正秋先生曾说过：'国产片得有今日之盛况者，其功实在于但君杜宇。'"

"但杜宇，与这酒店有关系吗？"柳叶一脸疑惑。

"当然有关系。但杜宇的曾祖父但明伦是清末名臣，以评点《聊斋志异》扬名文坛。但明伦就是广顺人，但家花园就因他而来。广顺这个地方不一般，历来是名宦、文人墨客荟萃之地，这里曾出现过许多历史名人，有'金家一门四进士''但家父子两翰林'等美誉。"

"哇，这么厉害。"

"广顺历史悠久，是贵州省八大古镇之一，素有'陈谷烂米广顺州'之称。有四大名塘、十七庙阁，内、外八景等。"长河话音落，出电梯，刷卡进入房间。

长河打开窗户，外面一栋栋古色古香的建筑映入眼帘。月色低垂，灯光呼应，雕梁画栋，让人仿佛回到了明清时代。

"你看，这就是在清代原址上复建出来的广顺州府，现在的样子就是以前的模样。有没有觉得自己穿越到了康熙盛世？"

"是有这个感觉。嘿，老实交代，你是不是到过这儿？对这里如此熟悉。"

"我没有来过，只是来之前做过功课而已。"

"没有撒谎？"

"对天发誓，我没有撒谎。"

"好了，好好休息吧。"长河把房卡递给柳叶。

"今晚你不住在这里？"

"我住另外一个房间。明天要画画，不聊天了，好好休息吧。"

"好的，谢谢。"

这个晚上，长河会想出什么样的主意来呢？


写到这里，依然没有看到你的身影，我有点动摇，到底这个游戏还要不要继续下去，但最后还是意志力战胜自己，游戏还要继续。遵守之前的约定，我还是再给你讲述另外一家书店的故事。

我一直坚信，人世间人与人、物与物的相遇，靠的是缘分的牵引。一次黔南之行，我无意间到过一家名为"厚道"的书店。厚道书店可能是中国唯一一家养心养生书店。书店位于福泉太极宫下，远观福泉市井繁华，近阅"里三层，外三层，石墙围水小西门"的水城奇观，背靠青山，前拥流水，独享悠然自得。店面不足百平方米，干净整洁，书籍摆放整齐，有《老子》《庄子》《心经》《金刚经》《菜根谭》《幽梦影》《小窗幽记》《围炉夜话》《人生论》《蒙田随笔集》《帕斯卡尔思想录》《走出心灵的地狱》及佛经等养心书籍，有《黄帝内经》《难经》《神农本草经》《伤寒论》《金匮要略》《中藏经》《脉经》《针灸甲乙经》《黄帝内经太素》等中医名著，也有《黔南苗医药》《贵州苗医药》《水族医药》《黔东南侗族医药》《藏药宝典》等各地中医馆编著的民族民间医药著作，也有《瑶浴养生》《黄氏脊椎养生》《泰式按摩》《人体使用手册》《穴位按摩入门》《中医食疗大全》《最后的医生是养生》等养生书籍。

书店的主人来自山东济南，人们都叫他无名先生。

他原本是一名成功商人，当过老师，修过汽车，做过黑车司机，杀过猪，养过山羊，卖过啤酒，开过鸡店、超市，卖过家具，开过斗牛场、麻将室、美容院、游戏机室、网吧、饭店、游泳馆、理发店、酒店、电影院、加油站、建筑公司。他做得最久的是房地产开发，他从一般住宅楼做到城市综合体开发，从普通民居做到空中豪宅，从空中豪宅做到豪华别墅。城市里还没有带电梯的楼时，他就开始修建电梯楼，没有花园的时候他就开始修建花园洋房，人们热衷于买花园洋房的时候他则开始开发别墅。他总是走在同行的前面，靠大聪明、小智慧，大奸猾、小恩惠，战无不胜。他赚了很多钱，开豪车，住豪宅，来往的朋友皆是当地达官贵人，长期活在人们的仰慕与崇拜中。但在他80岁那年，他的独生子去美国拉斯维加斯赌博，不仅赌光了他所有的财产，这个唯一的亲生骨肉还被人从高楼推下跌落身亡，消息传来，老伴也很快命归黄泉。他从此一无所有，人生跌入深渊。

前半生一路高歌猛进，人生暮年悲苦交加。为排遣内心的孤独伤悲，他出门远游。有一日来到福泉，在看情景体验剧《梦归平越》过程中与一长老相识。长老告诉他，自己云游四方多年，此行是追随钟云龙道长而来。相传武当派开山祖师张三丰曾在福泉市的福泉山修行8年，并在这里得道成仙。有此渊源，福泉市聘请武当三丰派第十四代传人钟云龙道长为文化顾问，并请他在福泉长期修行，传播道家文化。

两人相谈甚欢，他向长老聊他的成功失败，长老向他说最近读的书籍。分别时他问长老："人该如何度过自己的一生？"长老对他说："书籍虽小，却养人心；生意再大，难逃苦海。"长老一句话，让他困惑难眠。次日醒来，水雾缥缈如烟，远山如梦似幻，小城古朴悠远，让他突然豁然开朗，似乎一下子领悟到了长老临别所言的深意。即刻放下了曾经拥有财富时的心高气傲，放下了一无所有的悲伤消沉，决定在福泉停留下来。他很快在太极宫下租了两间屋，一间自住，一间做书屋，自住是为了方便向钟云龙道长学习太极养生与道家文化，书屋则是为了与来者分享人生的成功与失败，让自己的内心回归平静。

人该如何度过自己的一生的呢？我很喜欢长老说的话："书籍虽小，却养人心；生意再大，难逃苦海。"我想有一天如果我不再远行了，也要开一家属于自己的书店。

好了，时间不早，我得走了。我的下一站是绥阳十二背后的溶洞书店。4月27日中午12点，你能来吗？你若能来，我会等你。

　　祝

安好吉祥

长顺如意

中华银杏王书店

4月25日

　　信的背面依旧是他从《草本恋歌：在你喜欢的地方等你》摘抄下来的句段。你没有心思去读。长河和柳叶的故事让你忍俊不禁。你不知道他为什么要在信里给你讲书店的故事，或许也仅仅是一诺千金，让你进一家书店，有两家书店的收获。不过，厚道书店确实吸引了你，你好想去看看，只可惜他总是声东击西，又把你引向另外一个陌生之地。

　　你上网查询，长顺没有直达绥阳的车，只好订了从贵阳到遵义的火车，再在遵义转车前往。不知道他还将把你引向何处，但无论如何，你内心坚定，坚信只要坚持走下去，一定能够与他相遇。

# 5

4 月 27 日。你在遵义火车站下车，转车到绥阳，又从绥阳转车到温泉镇。还没有到达目的地，就已经是下午 5 点了。了解得知溶洞书店 5 点就关门，只好前往双河客栈休息，次日另行打算。

抵达双河客栈，太阳已翻过山头。野花芬芳，溪流成瀑，鸟叫声不绝于耳。暮色苍茫，客栈木屋绵延，隐现于山下。

山下一池湖水，清澈明亮，山色青翠，倒影如画。跨过木桥，是石头小径。狗尾巴草、地星宿、黄色野花，从石缝里伸出头来，几只蝴蝶飞来飞去，采花弄草。

小径尽头是一民居，青瓦木墙。木楼前有一条石阶，马蹄石板铺就。马蹄石颜色灰黑，厚度均匀，有三五寸，上面有花纹，活灵活现，大的有如碗口，小的好似杯盏，形如碎云，让人想到马蹄印。日月清贫，人爱干净。贵州多雨，路面湿滑泥泞，铺一条石径，应该是想把一路泥泞留在门外吧。

民居改造的客栈，精致玲珑。真不愧是出自诗人梅尔之手，不仅保留黔北民居的原貌，还赋予新的诗意情怀。让你想起不知道从哪里看到的一句话："多数的中国古代文学和绘画作品，都围绕一个主题：走过一个长长弯弯的小路，到达山间的草堂，它隐在幽静中，只有流水声相伴……这便是远离人间的仙境。"

大门古朴，门廊上雕着木斗，纹理细密。木格花窗与门头等高，左右排列，造型高雅。推门进入，布置考究，一步一景。壁画、台灯皆是古董，造型别致，与房舍浑然一体。一张贡桌，源自清朝，距今 300 年。穿过客厅，上二楼，有露台，抬眼望去，近山如墨，远山淡影。露台上有木桌，古朴宽大，摆放笔墨纸砚，有人刚刚写过字：白云深处，木楼人家。

客栈不仅设计上乘，舒适度也非同一般。这一觉，睡得深甜。醒来，启帘，阳光大盛。梳头发、剪指甲、刷牙、洗脸、搽乳液、涂腮红和口红，迅速收拾行李，到餐厅吃了稀饭、面条。赶往溶洞书店。

溶洞书店在双河溶洞内。有"中国地心之门"之称的双河溶洞，经过中法洞穴专家30年的联合科考，已探明溶洞群相连总长度超过200公里（尚有部分区域还在探测），是中国名副其实的第一长洞。溶洞结构复杂，水洞、旱洞并存，支洞众多，洞挨洞、洞连洞、洞上有洞、洞下有洞、洞中套洞，洞内奇观千姿百态，让人叹为观止。

参观者众，排队进入。长龙队伍走完，轮到你入洞时，已到11点了。书店就在洞内一宽阔处，视觉惊艳，让人想起上海的"最美书店"钟书阁。与钟书阁不同，这里给人的奇幻感觉，源自大自然的鬼斧神工，钟书阁则出自设计师的脑洞大开。

书店藏书不足两万册，以探险类书籍为主，各种地方史志、冒险小说也占一定比例。你不敢再浪费时间，扫了一眼在逛书店的游客，并没有发现他的身影后，来到"老地方"，找到了信。

信不如前一封长，正楷字体，干净整洁，无一涂改。照片上的人穿的衣服和前一张一模一样，背景是一古城墙，墙内有水。照片下写有三个字：非常道。你摊开信纸，一字一字阅读起来：

经过一个夜晚的深思熟虑，长河决定在最后的时刻，向柳叶坦白一切。

第二天一早，他们来到天台。枝繁叶茂，生机勃勃的"中华银杏王"出现在眼前。

"太了不得了，经历了近五千年的风雨沧桑，从未改变做自己。"

面对这棵当今世界已知的最古老的银杏树，生物界的"活化石"。两人感慨万千。

长河让柳叶坐在古银杏树下，他要为她画一幅画。柳叶穿了一件蓝色连衣裙，素雅迷人。

面对自己喜欢的女生，长河全身心投入。完成画作，脱掉围脖、外衣和头上的假发、高跟鞋，半跪在地，请求柳叶原谅他男扮女装随行至此。

"你是我心中的女神，我面对这棵神树发誓，我今生今世会好好爱你，愿你一生长顺如意。"长河含情脉脉地对柳叶说道。

其实早在苹果园里，柳叶已知长河是男生，只是不愿揭穿。她接过长河手中的画作，连称喜欢，轻放到地上，牵起长河的手，放到自己的胸前，面对神树许下了爱情的誓言。

毕业后，柳叶跟随长河回到成都，并很快举行了婚礼，一年后，他们的儿子——我，出生了，他们给我取名长顺如意。

以后每年10月，秋色斑斓，银杏如金，他们都会带我到长顺，以"中华银杏王"为背景，拍一张全家福，祈愿一家幸福美满，长长久久，顺顺利利。或许是父母因银杏王结缘，我从小就对银杏王有着一种难以割舍的情结，有一种难以言说的眷念。我想，有一天我若遇见了心爱的姑娘，并与她相恋，我一定会带着她去长顺，不是为她画一幅画，而是用我的相机，让她的美在"中华银杏王"下定格。

言归正传。我一直在溶洞书店等待你的出现，就像早晨等待太阳、夜晚等待月亮一样，我从白天等到黑夜，从黑夜等到黎明，然而你一直没有来。溶洞从人影如潮到空空荡荡，自始至终，只有我一个人坐在原地一动不动。只要有女生走进书店，我的眼睛就会抬起来，看看她是否去翻阅书架上《本草恋歌：在你喜欢的厦门等你》。可是没有，一直没有，多数来的人逛了逛，书都没有翻就出去了。今天多是团体游客，他们多喜欢热闹，这里没有热闹，只有安静。他们前脚踏进来，后脚就蹦出去了。

这是我给你写的最后一封信，往后，不会再有，因为到这里，我已经走完这次计划的"最美书店"的旅程。

这一天见不到你来，我一路留下的信件就是一个笑话。可是那又能怎样呢？在这个浮躁的时代，有谁还会去在乎别人放在书店里的一封信呢？

虽然心存失望，但我还是等到溶洞书店打烊，把写好的信带回双河客栈。客栈不愧是由张艺谋的御用设计师郭玉飞操刀设计的，古朴中彰显奢华，优雅中凸显高端，确实名不虚传。走进房间，从任何一个角度拍摄都是一幅精美的画面。不过，这一晚，我却没有心绪去欣赏设计师的作品，而是为穿越十二背后做准备。要整理采购来的一堆物品：指南针、蛇药、云南白药、绷带、创可贴、防水袋内胆、大蒜、救援哨、雄黄、帐篷、水袖、睡袋、抓绒衣、冲锋裤、游泳裤、快干衣裤、手杖、手套、双头灯、防水鞋、解放鞋、拖鞋、粗绳、细绳、猎刀、皮艇、地垫、防潮垫、压缩饼干、巧克力、荞麦饼、牛肉干、苹果。我得在临睡前把它们装包收拾好。

十二背后是我这次旅行的终极目的地，为这次拍摄和穿越，我准备了整整三年。林芝"云上发呆"的突发奇想，想必也只是空想了，不过，有始有终，我还是要把最后一封信写完。无论你是否看见，无论你是否存在，无论你是否跟随，我都要把最后一封信放到约定的"老地方"。

不再期许相见，只为留存记忆。

祝

安好吉祥

长顺如意

于双河溶洞书店

4月28日晨

看完这封信，你终于明白，他的名字为什么叫长顺如意，而他又从何处走来。他父母的爱情让你惊叹缘分的奇妙，更是加深了你对他的期待。要是有一天，自己的爱情在地球上最长寿的古银杏那儿定格，那该是多么幸福。

可是，现实是残酷的。很难想象，你和他昨晚是住在同一家客栈，说不定他就住在你的隔壁房间呢。这封信是今早才放进书店的，要是你早些到书店，也说不定能遇上他，但老天偏偏作弄你，你迟到一步，总是迟到一步。

第二章

# 穿越
# "贵州百慕大"

十二背后，好神奇的名字，这是一个什么样的地方？你的大脑一片空白。但时间不容许你多想，你觉得已经走到这一步，继续前行，不怕追不上他。

你在路边叫了一辆车前往。

"十二背后，这个名字感觉怪怪的，究竟是一个什么地方？"你上车就问师傅。

师傅是一个50多岁的老头，正准备启动车辆，听你这么一问，扭过头来，声音像打雷：

"一个大地缝，在宽阔水原始森林里面的油桐溪，那个地方鬼得很，我们当地人叫它死亡谷，外地人说它神秘、诡异，叫它'贵州的百慕大'。这是一个无人成功穿越的地方，到过这里的人只留下离去的背影。听老辈人讲，那里头去不得人，有十二个深潭，是十二种毒物，当地人不敢进入，进入的也再没有出来。曾有三名外地采药人，进入后就再没能出来，很多年后才在油桐溪的下游发现被水冲出的三具人骨头。不过也有不怕死的经常去那片森林探险，具体有没有探到大地缝那里，就不晓得了。"

如果手机有电，你会去查阅下真伪，但手机昨晚忘记充电，你只能相信师傅所言是真。这样认为，你难免心生畏惧起来，甚至心里打起了退堂鼓。不过，爱情的力量无穷无尽，你很快又振作起来，开始憧憬与他在那里相遇。他可能不知道里面有这么危险，你想你得赶快过去，阻止他前往，就这样，你一路上催促师傅加大油门，疯狂前行。只见群山青翠，河流清澈，稻田纵横，村庄连绵。沿路人家富足，沟渠干净，屋舍错落有致，小径细长，石阶齐整，野花遍地，色彩缤纷。

不久，师傅问你，十二背后很大，该在哪里停歇。你灵机一动，给师傅编故事。你说你是地理杂志的实习摄影记者，和你老师去拍摄十二背后，他先从单位出来，你因为有事，晚了他一步，一路上你一直在追赶他，你的手机没有电了，无法和他们联系。你反问师傅，遇到这种情况去十二背后，一般会在哪里会合。

"百分之九十的人都是到底水桥，然后从营盘下去。"

"那就按照您说的去底水桥。钱嘛，您看着收就行。"

"嗯。不会多收你的。"

太阳热辣，车窗打开，清风送爽。田野很快从眼前消失，取而代之的是高耸入云的群山。车像蜗牛一样往山头爬去，翻过山头，山陡路险，车只能像拖拉机一样慢行。又一村落出现在眼前，古树参天，流水欢歌，屋舍简陋，鸡鸭成群。走过这个叫不出名字的地方，再次翻山越岭，穿过一个半山小镇，来到一个僻静之地。

"到底水桥了。"师傅突然说道。

窗外满目苍翠，一股河水顺山流下，水呈绿色，清幽迷人。远处半山腰上，有一户人家，黑瓦白墙。门口有一湾稻田，田里是青幽幽的秧苗，稻田的对面有一坡地，种植的是玉米，长势很好，有3岁小孩高了。玉米地里，有人头顶烈日，辛勤劳作，锄头扬起放下，应该是在给玉米锄草。

"姑娘，我跟你说，这股水就是从十二背后流出来的，逆水而上，也能抵达十二背后。"

"是吗？您说，穿越的人，会从这逆流而上吗？"

"不会，一般不会，特殊也不会，因为走水路危险老火，几乎不大可能。据我了解，所有尝试穿越的人，选择的都是从山上到山下那条旱路。"

过底水桥，路况变得越来越糟，泥沙被雨水冲得没有踪影。怪石凸出，弯急、坡陡，犹如坐过山车，你时而被抖上半空，时而被砸到座位上。师傅一边嘱咐你抓紧车顶把手，一边咒骂维护路的人，有时候甚至停下车来，走下去，看了又看，才小心翼翼地把车开过去。

"后悔接你这趟活呢，心痛车老火。"

"对不起啊。"

"不知道路况这么糟糕，要知道，我不会来。"

"确实为难您了。"

"哎，算了吧，谁让你长得像我姑娘呢。"

"您女儿在上学吧？"

"遵义市里上高三，今年参加高考。她成绩很好，老师说是考北大的料。"

"祝福她考上北大呢。"

"应该能考上，她从小成绩就好，年年拿第一。我们很少为她操心，等她上完大学，我就不跑车了，她在哪里工作，我和他妈就到哪里去陪她。"他一脸幸福。

"师傅，注意，前面没有路了。"他沉浸在喜悦中，车差点滚下山去，你赶忙提醒他。

"知道的，我是在找地方停车。"他很不情愿地说道。随即车来了一个大急刹，停了下来。

前面有一户人家，大门紧闭，只有一条狗蹲在地上。你们走下车，狗跳下石梯，朝你们吠起来。

师傅走下来，朝狗扔了一个馒头，狗跑过去，嘴咬馒头，朝你们摇了摇尾巴。师傅走上梯子去敲门，你则站在院坝上逗狗。

他敲了一阵，没有人答应。他转身走下来对你说道：

"这户人家姓牛，人们都叫男主人牛队长，去十二背后探险的人基本上都会在他家住一晚，并请他当向导。他应该是出去干活去了。我直接带你到营盘吧，说不定你的老师就在那呢，如果不在，你再回来。错不了，来的人都会在牛队长家住一晚的。今天你的老师肯定也会住在他家。"

太阳似火，一副不把大地烤焦不罢休的模样。你早已撑开伞，师傅则戴上了草帽。你不停地喝水，他则不停地擦汗，他的衬衫湿透了，不得不脱下来拿在手上，只见汗水从汗衫里浸出来，他就像穿了一件湿漉漉的衣服走在路上。

"这一趟真是太辛苦了。"他又开始发起牢骚来。

你知道他肯定是想加钱。人在外面嘴巴甜有好处。你不停地赞美他教育有方，女儿这么有出息，比你还有出息。你对他撒谎说，你的父母都是老师，从小读书，成绩都没有到过前十名。他瞟了你一眼说：

"穷人家的娃早当家，你从小肯定是娇生惯养。不过老师是个好职业。"

这一招果然有效，他不再发牢骚了，连声说老师好。孩子学习好的家长都喜欢老师，孩子学习差的家长都讨厌老师，全国上下，哪里都一样啊。

很快，他带你来到营盘。明清时期，此地土匪横行，当地人为躲匪，修建了营盘。营盘依山而建，地势险要，前临悬崖，背靠绝壁，狭窄处均有石头垒建的城墙，一道一道形成屏障，通道宽不足两米，城墙内最宽处不过七八米。

他带你前行。过完四道石门，绝壁凌空，直通谷底，让人不寒而栗。往前一步，悬崖凹陷，高不足一米，人无法通过，好在一棵碗口粗的树立在旁边，他抓紧树干，缩身弓腰，很快跨到悬崖的另一边。你紧跟其后，来到峭壁侧面，只见前方乱石林立，杂草丛生。

他抬起手臂擦汗，手指前方道：

"下面就是宽阔水原始森林。看到没？那座天生桥所在的地方，就是我们本地人讲的月亮湾。"

顺着他所指的方向，只见朦朦胧胧，森林深处，两座峭壁，拔地而起，相对而立。

"那点是'十二背后'的最后一个'背后'。"他提高嗓门道。

继而，山间也开始有了回声。

面对这座深不可测的原始森林，你居然没有一丁点儿畏惧，你甚至觉得，你自己一个人就能走进去，即使手无寸铁。你痴痴地朝他所指的方向看，好似你要找的人就在那里似的。要不是他大声叫你，叫得山的回声像狼嚎一般在群山之间回荡，你还不回头呢。

虽然头顶烈日，但这里却因山高林深，清风不断，凉爽宜人。

"我知道回去的路，您先走吧，我在这里等我的老师。等不来，我就去牛队长家，晚上就住在他家。您留个电话给我，我回绥阳，还要麻烦您来接呢。今天辛苦您了，非常感谢。"你一边付钱给他一边对他说道。

他接过钱，不停地嘱咐你一定要注意安全。你说，你已经不是第一次自己独行，干你这行的，经常露宿荒野，只要胆大心细，不会有事。

他转身回头，你目送他朝石门走去，直到消失在悬崖。

那天，就好像着了魔一般，你就想在那里待下去，即使是天黑，你也不害怕。你要了师傅的电话，也不过是为了让他对你放心，知道你是一个会注意安全、会照顾好自己的女生。他消失后，你就把写了他电话号码的纸条扔进了树林中。你觉得要冒险就冒险到底，要有不回头的精神，你坚信自己的预感，你坚信那个写信的人已经走进这森林之中，你在这里等是不可能见到的，唯有冲进森林，才能遇见。你从小胆子大，同龄人不敢去做的事情，你就敢去做。你不怕失败，不怕危险，天生就是天不怕地不怕。

森林里没有一丝人气，绵延不绝的原始森林没有尽头。谁也说不清楚，里面会藏有什么危险动物。你对这片土地一无所知，虽然人家师傅已经告诉过你，进入这里的人几乎没有生还过，但越是这样危险的事情，越是激起你的兴趣，你越是想看个究竟，更何况这里还藏着你想要见的人呢。不过，你并不是那种盲目的人，也不是失去理智的冒险家，更不是那种被爱情冲昏头脑，置生命于不顾的人，你吃了几片饼干，打算返程。

"我没有愚蠢到那个程度。"你对自己说道。

从牛队长家来这里只有一条路，沿路返回就是。你之所以不想同师傅一起走，是因为你想一个人静一静，想独自享受一下这山野清风。

不过很快，你又陷入对写信人的期盼之中，你满眼不是原始森林，而是他的照片，他魁梧的身材，他俊朗的面容，他的坏笑和他让人心醉神迷的眼神。

在你转身返程，走过悬崖，准备抓住那棵碗口粗的树时，危险就这样降临了。

可能是心神不定的缘故，你没有抓紧那棵树，就在那一瞬间，你整个人，就顺着悬崖滑落下去。你觉得你就像在做一场噩梦，没有尽头的噩梦，你挣扎，你呼喊，却没有任何回应。山在旋转，水在旋转，地在旋转，树在旋转，天在旋转，大脑在旋转，你听见石头砸在地上的声音，听到树枝折断的声音，听到自己身体砸落下来的声音，听到百鸟惊呼的声音。当再也听不到一点声音的时候，你感觉到手臂刺痛，感到身子冰凉。你睁开双眼，发现自己挂在一棵古老的大树的枝桠上。你的衣服已经被撕得乱七八糟，整个手臂裸露在外，胸前衣服只剩下一块，就像彩旗在飘扬，还好，胸前没有春光外泄，文胸还紧紧地包裹着。裤子也被撕开了，你感觉到右腿有痛感，朝下看，发现划破了一个小口子，有血浸出来。你吃力地跳到树干上去，坐下来，赶忙撕下布条缠住了伤口。

右手放在腿上，左手撑住树干。你仰头，发现除了挂在树枝上的衣服布条，再也找不到你滚落下来的一丝痕迹。你摸了摸头，摸了摸身子，摸了摸双手，庆幸自己完好无损，庆幸自己还活着。

太阳光在树顶上晃来晃去，从树叶上漏下来，星星点点，落在身上。各种叫不出名字的树木绞缠在一起，或直耸云霄，或枝繁叶茂，铺天盖地。树下藤蔓绵延，杂草丛生，让人觉得深不可测，阴森恐怖。

腿上的血不再流了。你站起来，抬头找背包，发现背包挂在比你高的枝桠上，没有裂开，但就是拿不到。

空气里飘荡着阴森恐怖的气息。无助、绝望如潮涌来。你感觉，每一秒钟，都像一记狠狠的耳光。

太阳西行，渐渐远离山谷，暗淡下来的森林变得更加深不可测。你想拉住阳光的手，但这只是妄想，一切由不得你，你尽量使自己融入这个孤寂的世界，但哪里又能轻易融入，你与这里的每一棵树、每一根藤、每一朵野花，都是那样的格格不入。你感觉到，它们在凝视着你，它们在防备着你，它们在集聚能量，要把你置于死地。

因为，在它们眼里你是外来入侵者，你打扰了它们的宁静。

全身凉飕飕的，你抱住胸口打了一个冷战。

完了，完了，一切都完了，即使自己没有被摔死，也很难活着出去。

你越想越害怕，眼泪滑落下来，随之小声哭起来。最后，你无法抑制自己内心的恐惧与孤独，泪水如豆，大把大把地落在衣袖上。

哭声填埋沉默。你的哭声越来越大，就像狼在嘶吼，就像迷路孩子的呼救，在山谷中来回激荡。

壬寅腊月
国春

# 2

最后一缕阳光从山谷消失后，你哭得筋疲力尽，几乎要昏倒跌落。整个森林开始向无边无际的黑暗滑落下去时，一个人影出现在你的眼前。

看不清面容，头戴防虫帽，穿着黄色冲锋衣，背着一个登山包，在丛林中如鬼魂般若隐若现。

丛林没有路，有的是挡住去路的各种植物，甚至是各种动物。黄色人影走近时，你见他打着花脸，满脸汗液，手持弯刀，一路砍杀，高抬脚、轻着地，麻溜利索。

他来到树下。瞬间，你的脸红了又白、白了又红，白是因为激动，红是因为羞愧。你确定他是为救你而来，激动不已，你衣不遮体，像个野人，无比羞愧。

他像训练有素的消防员，用砍刀在地上砍出一块空地。然后把背包放到地上，翻出两根绳索，一根一头绑在树根上，一头甩向你，让你绑好。他拿起另外一根绳索，又从包里翻出一件衣服捆在腰间，很快就像一只猴子，动作灵敏，沿着绳索朝你的所在攀爬上来。靠近你时，他背过身去，把腰间的衣服解下来，递给你。你穿好衣服，他才转过脸来。他轻声地安慰你，让你不要害怕。他的声音很好听，浑厚而富有磁性，让你想起电台男主播的声音。他顺着树枝向上爬，把你的背包拿下来，背在身上，再拿出另外一根绳索绑在粗大的树干上，并打好结，在你腰部围了一圈，把你运回地面。你在地上站稳，他才把绑在树干上的绳索解下来，随后他像一只松鼠，身形敏捷，沿着树干跳到地面。

他把背包递给你。你打开背包，从里面拿出了一件衣服。他很快背过脸去，待你把衣服穿好，要把他的衣服还给他，他才转身。他手上拿着一张脸帕，涂抹在脸上的东西已经被擦拭干净，真实的面孔摆在你的面前。刹那间，你百感交集，手足无措。

"时间不早了，我们得赶快找到靠近水源的地方。"他没有正眼看你，从包里拿出一瓶水递给你，背起背包对你说道。

你的救命恩人确实就是易烊千玺的翻版，冷峻内敛，体格结实，唇红齿白，双眼有神。你的大脑昏昏沉沉，感觉有些恍惚，你不敢相信，这一切是真的，你觉得就像一场梦境。你甚至以为，你一路追赶而来，也是梦境一场，完全不可能，你不会去做这样的事情，这样的事情，也不可能发生在现实世界中。不过，你转念一想，还是觉得天下没有这么巧的事情，你还是不敢确定，你继而激动地对他说道：

"我觉得自己好幸运，要不是你，我死定了。真的，真的，非常，非常谢谢你。我的名字叫云上听海。白云的云，上午的上，听歌的听，大海的海。"

"哈，不用这么客套，不过是正巧听见，举手之劳。谢我为时太早，我们能不能走出去，尚属未知呢。等走出去，你再谢我吧。我叫长顺如意。长城的长，顺利的顺，如果的如，满意的意。"

你猛然觉得，你和他是缘分天注定，这辈子肯定不会再分离。你本因他而来，他对这个却一无所知，你也不想这么急切地告诉他。他问你为什么来到这里，你只是说，独自一人来这边游玩，不小心从悬崖上坠下。

"还好你哭的声音足够大，要不，我也不会循声而来。"

太阳远去，空气沉淀，四周变得更加幽暗神秘。入眼皆是陌生物种，呈深绿色，有鸟鸣，有虫叫，树干重叠如墙，截住视线。

他拿出指南针，比画了一番，对你说道：

"我们必须在天黑前找到可以栖身的地方。你如果饿了，先吃饼干，喝点水。"他一边说，一边转身把饼干和水递给你。

你接过水和饼干，吃喝完毕。他又把驱虫药膏递给你。要你扎紧袖口、领口。皮肤暴露部位涂搽防蚊药。而此时你才发现，你的手臂、身上已经多处被蚊虫光顾过，红包凸起，又疼又痒。他随手折了一根粗树枝。

"行进中可用木棍'打草惊蛇'，根据我在丛林中行走的经验，蛇一般咬第二个人。就是说在树丛里，第一个人走过去惊动了蛇，但蛇还没有反应过来，等蛇发起攻击时，第二个紧跟而来的人正好经过。所以在行进时，你在后面要更加小心。"

随后，他又交代你，如果遇到成群的毒蜂，切勿惊慌，就地蹲下，用衣服遮住皮肤暴露部位。只要沉住气，一动不动，伪装成一棵树，就能避免毒蜂的袭击。

"里面深不可测，会不会有老虎和狼？"你胆怯地问他。

"说到原始森林，总会有很多关于野兽、毒蛇的恐怖传说。不过，这些传说大多是夸大其词和完全虚构的。曾长期在热带丛林作战的英国'汉普郡'团上尉菲勃斯，在《马来亚丛林中的游击战》一文中提到，'马来亚有许多种毒蛇。我亲眼看见过不少，但从未听说谁被蛇咬伤过的事。野兽见了人就躲避，因此我们很难见到它们。但可以听到野兽的叫声'。正是这些夜间动物的吼叫和关于毒蛇猛兽的传说，给人们心理上造成很大的影响。然而，丛林中真正的危害却是来自昆虫。其中许多昆虫会传播病毒，使人生病。1941年，国民党远征缅甸的军队，因丛林中蚂蟥、蚊虫的叮咬而引起的破伤风、疟疾、回归热等传染病，使数万名士兵丧命。"

地面上是腐烂的树叶和木头，潮湿松软，踩在地上，让人感觉随时会深陷泥潭。鸟叫声不绝于耳，不明虫子的声音也此起彼伏，前方一切未知，后面更是恐怖重重，你不敢回头，专心致志紧跟其后。

没走多远，他停住了脚步，朝你打了一个手势，让你也停下来。随即，他把背包轻轻放在地上，迅速拿出相机，动作飞快，装上长焦镜头，端起相机对准左前方。你朝他镜头所拍摄的方向看去，只见前方 200 米左右的林子里，一只鸟长相如鸡，羽毛鲜亮，尾巴修长，体态优雅，正在踱步。

随着相机"咔嚓，咔嚓"两声响。鸟展翅滑翔，朝树枝上飞去，消失不见。

他一脸喜悦，转身打开相机屏幕，把刚才拍摄的照片给你看。

"红腹锦鸡。想不到在这里遇到了。红腹锦鸡主要生长在秦岭，陕西宝鸡这名字就与红腹锦鸡有关，而红腹锦鸡也被列为陕西省的省鸟。刚才拍到的这只是雄鸟。要是雌鸟，它的头顶和后颈是黑褐色的，身上其他地方呈棕黄色。"

"我觉得很好看，赤橙黄绿青蓝紫，光彩夺目。"你一边看照片，一边说道。

"宽阔水原始森林，地处东经 28 度 14 分 58.61 秒、北纬 107 度 00 分 58.77 秒相交处，鸟类很多，是中国著名的四大观鸟区之一。"他说。

他没有把相机再装回去，而是背起包，把相机挂在脖子上。他一边走一边说，你们所走的这片森林位于宽阔水原始森林南段，他差不多是从山顶上"滚"下来的。他本来请了一个向导，带他走进森林后却因家里临时有事，就先回去了。没有向导，他原本打算探下路就返程，次日再深入其中。随之遇到了一群可爱的猴子，一路跟拍，就随猴子下到山下来了。正在寻路时，你哭泣的声音从远处传来。

他说的向导，应该就是牛向导。

"猴子？"你问他。

"黑叶猴，你应该没有见过，体形瘦小，身黑如漆，胡须白，尾巴长，是珍贵稀有的灵长类动物之一，只有广西和贵州有。"

前面的草丛、藤蔓越来越密，只见他横一刀竖一刀，刀去藤落，很快腾出路来。他说：

"丛林中藤蔓竹草交织，砍刀开路也有诀窍——不过头，两边分，从中走；不见天，砍个洞，往里钻。"

一路上，他勇往直前。遇到巨蟒正在过路，带你绕道而行；遇见蜂窝，赶忙缩手，避免打扰，带你另寻出路；遇到长相奇异的大虫，他屏住呼吸，使出力气，用树干挑开，带你迅速走过；遇见松鼠或是地鼠，就视而不见，带你继续赶路。

"我们不过是这里的过客，这是它们的领地，除非万不得已，不要去招惹他们。"他轻声对你说。

夜幕降临，光线暗淡，百鸟归巢，林海热闹起来，不时有鸟儿从头顶飞过，也有鸟儿停在树枝上朝你们鸣叫。一颗鸟粪从树枝上掉下来，打在他的背包上，热气腾腾。你捡起一根树枝欲寻那作恶的鸟，刚抬头却被一片落叶砸在脸上。还好，只是落叶，你暗自庆幸。蜘蛛网无处不在，虽然他在前面开路，但走着走着，你发现头和脸被网蒙住了，不得不退一步，伸手把头脸弄干净，再拿起树枝对着前方一阵挥舞。

走了大约 500 米，树木不再绵密，地方渐显宽阔。他停了下来，不再前行。他说，这是一片沼泽地，前面不远应该有溪流，有溪流的地方应该有凸起的石头，有凸起石头的地方，就会有干燥的小平地。可是天快黑了，不能再冒险前行了。

他放下背包，拿起刀在一棵大树下劈出一小片平地，然后用一根树枝围着小平地的外围画了一个圈。围绕树枝走过的线，他撒上雄黄，他说这样能防虫蛇。

停下来，你感觉身上凉飕飕的，时光仿佛一下子进入了寒秋。你翻出外套，穿到身上。他再次把防虫药膏递给你，要你仔细涂抹在脚、手臂、脸部和额头。你照着他说的去做，刚才还围着你不断发起攻击的尖嘴蚊，渐渐远离了你。

树下到处是干裂的树干和树枝，你们拾起，堆成小山。他用刀把一根树枝削尖，并用这根树枝在圈地里刨出了一个小坑，在小坑上架了一块长形石头和大的新鲜树枝，然后再把那些干树枝架在上面。林海潮湿，取来的柴看似干燥，实则含有水分。他费了好大的劲儿，才把干树枝点燃。干树枝燃了一会儿，有了火种，他缓缓蹲下，趴到地上用嘴去吹，烟熏得他眼泪直流。你见状忙把纸巾递过去，他接过纸巾，擦了一会儿眼睛，又趴到地上，继续吹火，如此来回折腾了很多次，干树枝终于引燃了下面大一些的新鲜树枝，火光升起，阴森的树林里有了生气。

白日如溃兵，撤得片甲不留。

他从背包里取出一张桌布，抖开，铺展到火堆旁。然后取出面包一袋、牛奶两瓶、干鱼两条、牛肉干两块、餐巾纸两张、湿纸巾两张。他很认真地把这些一一摆在地上，然后伸手示意，请你落座。他把湿纸巾递给你，自己留下一张，很认真地擦了手。

吃毕。垃圾装袋，桌布收起。虽然没有火锅，没有锅瓢碗盏，但这个晚餐吃得文明高雅，要是有水，想必他会烧水沏茶，端杯品茗。

你把吃剩下的鸡翅丢进树林里，他打着手电把它找了回来，放进火堆。你说，它会自己腐烂，他说不能留下任何食物残渣，任何食物残渣都会引来野外动物，给前行带来危险，一定要烧掉。

四周如墨，寒气袭人。他找来一些干燥的落叶，把落叶铺在离火堆近的地方，取出帐篷，借着火光，开始搭帐篷。他拉开篷布，突然说道：

"你不像一个已经进入社会的人，应该还在上学吧？"

"你怎么知道？"

"从你脸上可以看出来。"

"你会看相？"

"不会，但凭借经验，你的脸上还有着很浓的校园痕迹。"

"你一个人出来旅行，不小心从悬崖上掉下来？"

他这句话算是要你交代，你为什么来到这里了。这突然的一击，让你觉得有些不知所措。直接告诉他，是因为看到他的信追过来的？感觉太过直白了。这么浪漫

的事情，在这个环境脱口而出，显然是不合时宜的。既然是浪漫的，那就应该有个浪漫的环境后，再来说这事。你想象着出去之后，在双河客栈，洗干净身体，把自己打扮得漂漂亮亮的，到露天阳台，面对满天星空，一边喝咖啡，一边向他慢慢道来。不，你突然觉得这样又显得不好，虽然在双河客栈这样的环境里谈恋爱是如此的合适，但你觉得这显然没有什么新意，这么重大的事情，这样表达，显得粗糙了些，随意了点，不刺激，不浪漫。你觉得应该是在走出这里的某一个危险时刻，他抱住你，你抱紧他，你表现出奄奄一息的样子，你奄奄一息，就像临终的遗言，让他觉得一切来之不易，应该倍加珍惜。但随之，你又否定了这样的幻想，你根本就不希望在走出这里的路上遇到风险，虽然风险已经无可避免，你还是觉得不要打扰他，让他专心致志、排除万难，好安全出去。你想到把最美的时刻放在溶洞书店，在那里举行一个烛光晚餐，一边听水滴声，一边把一切向他娓娓道来。不，把他带到书架上，慢慢地带着他去找那本书，不，让他就在溶洞里闭上眼睛，把那些文字都念给他听。这么想来，你此刻的回答，就显得很随意了。

"算是吧。其实也没有你说的那么糟糕。"

"洗耳恭听。"他是要你说出不糟糕的原因。鬼才知道怎么说，你灵机一动，转移话题，反问他道：

"你是职业旅行家？"

"如果长期在旅行就算旅行家的话，那应该是，不过准确而言，应该是冒险家。地球上任何一处让人不寒而栗的地方，都会让我兴奋，都会让我的内心升起一种前往去征服的欲望。虽然大自然是不可征服的。当然，我也不仅仅是为了征服而去征服，因为签约了多家摄影杂志和网站的缘故，冒险本身就是我的工作。不过，拍照是我最喜欢干的事情，一个月不出门拍点东西，感觉活着就没有意思。"

"签约摄影师就是拍照片，在杂志和网站发表吗？"

"好像是的。"他笑道。

"那你这次到宽阔水，也是为了拍照吧？"我明知故问。

"也不全是。第一次来，冒险的成分会多些。自从三年前，有朋友向我说起'十二背后'，我就铭记在心。整整准备了三年，才得以成行。"

"我来时，开车的师傅就告诉我，这个地方很恐怖，进去的人，都没有再出来过。"

"我们只有真正懂得死亡，才会明白该怎么爱惜自己的生命。冒险的意义不仅在于了解死亡，更在于解开自然界未知的秘密。你自己不去试一试，怎么就知道，进去就再也出不来呢？好风景总是藏在人们不容易抵达或是抵达后危险重重的地方，不经历风雨，又怎么能看见彩虹呢？"

你一时语塞，不知道如何回答他。

树木不再如白日焦躁不安，而是沉寂如海。只有起风时，叶子欢歌，声音如惊涛拍岸。

帐篷搭好了，他要你到里面去睡。他说，他晚上可以不睡觉的，他常常打坐到天亮。他说，孩子是父亲的背影，他受父亲的影响最大，父亲从小就带他去旅行。不仅带他去各地观光，而且常常带他去爬山、露宿，他经历过交通工具的奔波、旅馆的辗转，父亲让他像野外的植物一样经历与病虫害的殊死争斗，经历过严寒酷暑的考验。后来父亲还带他去武当山、少林寺习武，锻炼他的意志、苗壮他的体格。现在再艰苦的环境，他都能够应对。你感觉到非常困了，眼皮一直在打架，也没有太多客套，直接进入帐篷，和衣倒在垫上。

你从未在野外的帐篷里睡过，你倒下去，总感觉四周有不明生物在盯着你，你虽然困得不行，但无法入睡。更可怕的是，此刻从树林深处传来几声鸟叫，声调悲戚，好像死人的呼唤。你不知道那是什么鸟，你突然想起曾读过的一篇文章，说是在南美洲原始森林里有一种死神鸟，有野兽将死，这种鸟就会在树顶盘旋。你突然觉得你就是将要死去的野兽。

你辗转反侧，因为你的翻滚力度太大，帐篷差点垮了下来。

"怎么了？"他问你。

"没有什么，睡不着。"

"必须要睡着呢。明天要穿越十二背后，需要体力。"

"可以不穿越吗？"

"现在由不得我们选择，因为只有这条路可以走。"

"从你下山来的路返程回去啊。"

"全部是悬崖，我都是用绳索吊下来的，从下往上走，是没有办法返回去的。"

不知道从哪里传来一声野兽的嚎叫，让人心头发凉。

"你去过百慕大吗？"

"我去过百慕大群岛。你说的百慕大，应该是被称为'魔鬼三角'的百慕大三角海域吧。1840年，一艘运载大批香水和葡萄酒的法国船只，行驶到古巴附近失去了联络。数星期后，海军在百慕大三角海域内发现这艘船，船只完好无损，货舱里的货物一样不少，可是船上的水手都失踪了。到底船上发生了什么，鬼才知道。从此之后，类似的失踪事件在百慕大三角频频发生。从20世纪30年代以来，这里发生的各种坠机沉船事件有200多起，2000多人杳无音信。令人惊奇的是，发生在这里的坠机沉船事件，一直是一个谜，至今仍然百思不得其解。"

"贵州也有一个百慕大。"

"在哪？"

"十二背后。"

"嘿，你这姑娘。"

"你不用担心啊，我就是死也会把你送出去的，更何况还没有到那一步。"

"为什么这样对我？"

"不为什么，救人一命，胜造七级浮屠。"

不用说，你已经被感动了，如果之前的追随是被他的模样吸引，而此刻是被他博大的胸襟所打动了。一个人尚且能对一个陌生人有如此之爱，那他是善良的，胸怀宽广的，是值得信赖、值得托付一生的。

"谢谢你。"你热泪盈眶。

"不用谢，前途未知，明天我们一起努力。你跟我诵持《般若波罗蜜多心经》吧，这样你很快就会入睡的。"

借着火的余光，透过帐篷你仿佛看见他，在火边打坐，随之他那富有磁性的声音划过静寂的黑夜，在你的耳畔响起：

观自在菩萨，行深般若波罗蜜多时，照见五蕴皆空，度一切苦厄。舍利子，色不异空，空不异色，空即是色，受、想、行、识，亦复如是。舍利子，是诸法空相，不生不灭，不垢不净，不增不减。是故，空中无色，无受、想、行、识；无眼、耳、鼻、舌、身、意；无色、声、香、味、触、法；无眼界，乃至无意识界；无无明，亦无无明尽，乃至无老死，亦无老死尽；无苦、集、灭、道，无智亦无得。以无所得故，菩提萨埵，依般若波罗蜜多故，心无挂碍。无挂碍故，无有恐怖。远离颠倒梦想，究竟涅槃。三世诸佛，依般若波罗蜜多故，得阿耨多罗三藐三菩提。故知般若波罗蜜多，是大神咒，是大明咒，是无上咒，是无等等咒，能除一切苦，真实不虚。故说般若波罗蜜多咒，即说咒曰：揭谛，揭谛，波罗揭谛，波罗僧揭谛，菩提萨婆诃。

渐渐地，你进入梦乡。一个好觉，直到天明。

# 3

天气晴朗如昨。早晨的树林热闹异常。鸟叫声，叶子伸展的声音，花开的声音，各种虫子觅食的声音，就像在城市中醒来，开始了一天的喧嚣热闹。

你睁开眼睛，感到肚子空空如也，想喝一口汤，想吃蔬菜，想吃肉，什么汤都行，什么蔬菜都可以，什么肉都不在乎，你想得口水都掉了下来。但很显然，这是奢望。你开始后悔自己的贸然行动，但这种后悔很快就消失殆尽，因为走出帐篷，你看到了他，正安安稳稳地坐在地上打坐。你追随他而来，他救了你，保护你。这是现实，发生在自己身上的活生生的现实，就像童话故事一般。你兴奋起来，感觉幸福满满。

他教你取树叶上的露水洗脸。早餐是面包、香肠，同晚餐一模一样，有很强的仪式感。吃毕，垃圾装袋放进背包。他拿出防蚊虫药膏涂抹在手臂上、脸上、头上，随后递给你，要你也依样仔细涂抹。他反复刨开火堆检查，确定地上再没有一粒火种后，背上包，开始新一日的旅程。

树木林立。树干如军人，挺拔耸立；树枝好似吵架的泼妇，张牙舞爪；树叶如小鸡觅食，你争我夺。丛林依旧神秘莫测，群虫乱爬、蜘蛛结网、青藤下垂、羊齿铺地，野菌求生。一切显得生机勃勃，但又死气沉沉。

他说，说话会消耗体力，尽量少说话。

穿过一片密不透风的箭竹林，上万棵大树出现在眼前，无限沧桑，树干挺拔，树枝苍劲，在空中无限扩张。他拿起相机"咔嚓"起来。他拍完照片，你轻声问他：

"这是什么树？"

"水青冈林，与全球其他地区同类相比，原生性强，伴生的物种更丰富，具有植物多样性，在喀斯特地貌上极为罕见。水青冈木质优良，水源涵养高。据相关资料显示，很奢侈，在宽阔水居然有两万多亩水青冈林。"

鸟儿飞来飞去，成双成对，不时用双眼确认对方的位置，互相召唤。

穿过水青冈林，藤蔓丛生，砍刀开路。只见前方山沟中，阳光如聚光灯，笔直倾泻。树枝舒展，繁花似锦。你从未见过这种树，叶子广卵形，边缘有锯齿。也从未见过这种树开的花，头状花序就像白鸽的头，有两枚大小不等的白色苞片，有的呈长圆形，有的呈卵圆形，色彩洁白无瑕，随风飘摇，犹如白鸽飞翔。

你正想问他，这是什么树，只听他一边"咔嚓"，一边轻声说道：

"这种树，太难见到了。人们喜欢叫它鸽子树，学名叫珙桐，是植物界的活化石，世界著名的观赏植物。是1000万年前新生代第三纪留下的孑遗植物，在第四纪冰川时期，大部分地区的珙桐相继灭绝，只有在中国南方的一些地区幸存下来。"

跋山涉水，转眼你们已经走了两个多小时。一股清泉从山上流下，流水落花，飞流成瀑。你们在沟边坐下，水质很好，清澈见底，你捧了一口放嘴里，清凉甘甜。你双手浸在水中，心情平静。

巴掌大的鱼，在水里游来游去。他说，野外生存，重要的是找水，找到水源，就等于找到了食物。要是不赶时间，可以捉鱼来烤。可能是长期户外生存的缘故，他说他最擅长的就是烤鱼。

"直接在火上烤鱼，会把鱼烧煳的。要找一块树皮，在树皮上铺上泥土，再铺上树叶，然后把鱼放到树叶上，最后盖上树叶，盖上泥土，放在火上烤。只要看到鱼眼睛翻白，就可以吃了。"

一番经验介绍，让人忍不住咽口水。

# 4

穿过沟壑，森林在面前消失，取而代之的是高耸入云的山壁，像两把锋利的巨斧，傲然而立。压抑、阴暗、潮湿、冰冷、恐怖，你感觉背脊发凉，止步不前。

"果然名不虚传。"他满脸兴奋、喜悦，好像发现了自己心中的梦想之地。

你的胆子算是大的，在同龄人中，别人不敢去做的事情，你敢于去尝试，就昨天，你从山上坠入山谷，你都没有感觉到如此惊恐。出租车师傅说的话，此刻一个字一个字地从你的脑海中跳出来，"死亡之谷""进去的没有再出来""贵州百慕大"……从横挡在面前的"巨斧"来看，师傅所言，真实不虚。你越想越觉得恐怖无边，感觉自己仿佛来到了地狱的门口，双脚像灌了铅，挪动不得。

他放下背包，见你双脚在哆嗦，对你说：

"觉得很震撼吧？"

他一边说，一边把背包放下，迅速取出相机，朝"巨斧"咔嚓起来。

拍摄好，他打开屏幕看了看，脸上露出了满意的微笑。

于他，前方是天堂，是无限风光；于你，前方就是地狱，是恐怖之地。

两把"巨斧"，犬牙交错，你感觉就是虎口。不要说走进去，就是站在口外，都仿佛觉得里面随时会有一张大舌头甩出来，把人卷进去。无论如何，不能再往里走了。你决定说服他，要他返回森林。毕竟森林再可怕，也不至于把人吓得瘫软无力，挪不动脚步。

"我们不要朝前走了，退回森林吧。这里太恐怖了。"你吞吞吐吐，小心翼翼，朝他挤出了这句话。

他没有任何回应，双手合十，双眼紧闭，唇齿轻启，却并未发出声音。你不知道他念的是什么咒语。

咒语念毕，登山包上肩，他以迅雷不及掩耳之势，拉起你的手朝地缝跑去。你整个人仿佛已经不再由你控制，深一脚浅一脚，随他快步朝前。脚下苔藓遍地，地面湿滑，你都已经感觉不到了。

待你回过神来，才发现你已随他进入了地缝，走过的森林已经隐没在两把"巨斧"之间。顶部的阳光努力向下投射，却无法抵达底部，在石壁上映出诡异恐怖的色调，让人徒增恐惧。刚才是有阳光相伴，感觉湿热，压抑、阴暗，现在则是阴冷逼人，压抑、昏暗、恐怖死死地把人包围，让你透不过气来。他放开你的手，继续拿起相机"咔嚓"起来。举目望去，这里没有一块地方是干燥的，湿漉漉的，仿佛刚下过雨一般。压抑的感觉比之前更甚，抬头只能看到一线天光，仿佛坠入一口深井中，喊天天不应，喊地地不灵。偶尔有一滴水从岩壁上滴下来，打在地上发出的声音，也有如魔鬼呻吟。

虽然常年见不到阳光，但生在石缝间的莲座蕨、小灌木却长势旺盛。岩石上青苔密布，难以立足。脚下有溪流，从裸露出来的石子上经过，光洁无比，稍有不慎，即刻滑倒，并溜出很远。头部也不安全——地缝顶部，山风摇树，不时会把松动的干树枝、小石头吹动，坠落谷底。

"两斧"的距离越来越近，仿佛要合拢在一起，把"一线天"挤在外面。褐色的石壁湿滑、陡峭，犹如面目狰狞的怪兽盯着你，你感觉要是把你一个人放入其中，你敢保证要不了10分钟就会被活活吓死。你准备开口说话，但他伸手示意，要你不要出声，你搞不清楚为什么。直到过了这个"斧口"，他才低声告诉你，说话的声音容易引起石壁上的石头滑落，造成危险。有一年，他和一帮摄影家去非洲拍照，一名同行者在地缝里大声说话，导致一块巨石滚落下来，向导当即毙命。

地面湿滑，沟壑纵横，举步维艰。走了大约半小时，水声震天。循水声，穿溶洞，只见水流成瀑，跌落成潭。瀑高10余米，潭形状细长，大小如半节高铁车厢，潭水蓝绿，深浅未知。潭壁陡峭，无法攀越，下潭涉水是唯一出路。他取出油纸袋，把相机层层包裹好放入背包，又从背包外面一个小包内取出一个油纸袋，递给你，让你套在你的背包外面，他自己又取出一个套在他的背包外面。然后，他又从背包中拿出皮划艇和绳索，并给皮划艇充气，把绳索拴在一块凸出的岩石上，再用绳索绑住皮划艇，放入深潭。他再从包里取出另外一根绳索在岩石上绑好，另外一头则套在你身上，你根据他的指引，拉住绳索，脚蹬潭壁，顺势而下，跳入皮划艇。他站在洞口，示意你用手划水。你看着这一潭水，感觉水下仿佛有动物在张着大口伺机而动，不禁手放在空中，不敢入水。他一脸着急，示意你闭上眼睛，尝试把手伸入水中。你向他摇头，他一脸无奈。你们在各自的地方，僵持不前，他急了，转身低头，面向背包，在找什么东西。不一会儿，他朝你丢来一团纸。你捡起那团纸，打开，只见上面写着：

"不要害怕。水里没有怪物，伸手划水便是。我们已没有退路，只能前行，才有希望。"

你又看到了熟悉的字体。正是这个字体，让你一路前行，正是这个字体，让你来到了森林，并与他相遇。你的眼睛瞬间湿润了，你的眼前浮现了那个定格在你脑海中的浪漫设想：在双河客栈的那个露台上，你让他帮你写"在你喜欢的厦门等你"几个字，你想象他的表情，想象你自己的样子，那该是多么感人的画面。你再坐下来，一封信一封信地读给他听……你想到这里，感觉浑身来了力量，前行的力量，内心的恐惧一点点脱身而去，热情和勇气从内心深处缓缓升起。

就在这个时候，你看到他满脸笑容，朝你举起了拳头，你也朝他举起了拳头，随后你把右手伸向水中。

潭水寒冷刺骨，不过，你已经感受不到了。你信心满满，朝对岸划去。等到你上岸，只见他已经换上泳裤。断开绳索，他抱着被多层油纸袋包得密不透风的背包，跳入水中，朝你游过来。

待他上岸，肩背、腰肢、臀部，体格匀称结实，线条得体唯美，几乎没有一块多余的赘肉，你想就是健身教练在他面前也会感觉相形见绌。你为这肉身的美感着迷，它触动了你的心弦，让你喉咙干涩。相貌、品行、体格，他在你心中已经无可挑剔。一种前所未有的幸福爬满了你的全身，要不是他提醒你，他要换衣服，麻烦你转身，想必你还在痴痴地与他面对面。

没有谁知道前方会出现什么。有他在身边，无论出现什么，你想你都能够面对，不会再被恐惧困扰。

从深潭岸边走出来，只见苔藓密布，灌木繁多，一块巨大石凹里长出的一株叶子细长浓密的植物尤其引人注目。慢慢走近，发现这株植物上开满了鲜花，有的形状似天堂鸟，颜色瑰丽；有的花朵饱满，颜色鲜艳，有如玫瑰；有的花色素雅、精致，好似睡莲。这时地缝里突然亮堂起来，随着太阳折射光的移动，褐色的石壁、碧绿的苔藓、色彩斑斓的花……整个地缝在精美绝伦的画面中转换，一会儿是百花争艳，犹如春日；一会儿是郁郁葱葱，好似酷夏；一会儿是壁、叶泛黄，如在深秋；一会儿是苔藓躲藏，就像寒冬。时而让人感受到高山飞瀑的大气磅礴，时而让人感觉到涓涓细流的清秀瑰丽，时而让人感觉到广袤草原的万马奔腾，时而让人感觉到无边大海的波涛翻滚。不大一会儿，光影渐渐消散，画面似乎变成了魔幻电影的布景，魅惑销魂。

他一脸兴奋，拿起相机"咔嚓、咔嚓、咔嚓、咔嚓、咔嚓"个不停。你想集众多名花之美于一身，这应该是地球上最好看的花吧。不能带走，应该用手感受下。你爬上石头，手刚伸出，还没有触碰到花瓣，却被他拉了回来。只见他拿着一根树枝，树枝上挂了一条还处在睡眠中的小蛇，他用蛇去触碰花瓣。蛇刚靠近花瓣，细长的叶立即像鹰爪一样伸卷过来，把蛇紧紧裹住。刹那间，一种身形如雨燕，形状像蚂蚁，牙齿锋利的小动物从树叶中蹿出来，当即把蛇咬断成了几截。

"我的天哪。"

你们不敢久留，迅速离开。他一边走一边轻声对你说：

"在鲜有人抵达的地方前行，出现在你面前的任何生物都可能隐藏危险，不要伸手去触碰。有一年，一支德、法、意野生植物联合考察队到阿富汗北部的森林考察，有位名叫柏亚的队员看到一株树长相怪异，他非常好奇，忍不住伸手去摸。他的手刚一触摸到树叶即被树叶紧紧吸住，无论如何挣扎都无济于事，树叶蚀穿了他的皮肤，开始吸血。为了挽救其生命，考察队长只好用刀砍树，把他的手也砍伤了，惨不忍睹。"

没想到仅仅一时好奇，管不住自己的手，居然会招来"杀身之祸"。要是他没有拉住你的手，想必你刚才已经成为未知生物的猎物了。想到这里，真让人毛骨悚然。

"谣传在南美洲亚马孙河流域的原始森林里，生长着与黑蜘蛛狼狈为奸的吃人植物——日轮花。花散在叶子上面，形如齿轮，娇艳迷人，花香如兰。只要有人触碰，它一米长的叶子便像鸟爪一样地伸卷过来，紧紧地把人拉住，拖倒在潮湿的草地上。这时，躲在日轮花叶下的大型蜘蛛'黑寡妇'就会蜂拥而上，爬到'俘虏'身上，风卷残云，饱餐一顿。日轮花为什么要为蜘蛛猎取食物呢？原来日轮花需要黑蜘蛛的粪便来养活自己。它们因此互利共生，凡是有日轮花的地方，必有吃人的黑寡妇蜘蛛。——不过，这只是谣传而已。"

他不说这个还好，一说起这个，你觉得好像刚才看到

的花就是日轮花，那个形状似蜘蛛的就是凶横恶毒的黑寡妇。地缝里确实是险象环生，一分一秒也不能疏忽大意。

你们时而像鱼游过深潭，时而如壁虎爬过缝壁。走不完的深潭，刚战胜一个，另一个又出现在眼前。挡住去路的巨石一块接一块，有时候感觉自己要会缩骨术才能通过。

地缝呈弧形、螺旋状向上延伸，从"一线天"进来的光折射在岩缝壁上，让缝壁呈现出多种颜色，淡蓝、暗红、浅绿……这些颜色以前看见，你会觉得养眼，但此情此景，只会加重你心中的恐惧，只会让你觉得仿佛又进入了更深一层的地狱。

时间已经过了中午12点，你们坐在石头上补充了水和食物后继续前行。路比之前好走了，穿过一个夹缝，来到一个地方，阳光却越来越吝啬，像渔网一点点收起来。两堵山壁几乎靠在一起，不分彼此，最后漆黑如夜，伸手不见五指了。他拿出手电，手电筒还没有打开，你就听到一个声音，如泣如诉，凄婉动人，让人毛骨悚然。你伸手死死地抓住他的背包，空气仿佛凝结住了。你们屏住呼吸，不敢前行，静观其变。凄婉的声音很快成为回音，消失殆尽，随之而起的是节奏欢快的声音，犹如古歌，时而如涓涓细流，诗意清新，时而像百鸟啼鸣，悦耳动听。不同于你以往听到的任何一种声音，不同于你以往听到过的任何一种歌曲，没有一点雕琢的痕迹，天然完美，自然柔软，甜而不腻，使人昏昏欲睡。

忘却一路走来的恐惧，忘却身在未知的危险之中，这悦耳之声好似毒品，让人沉醉其中，不能自拔。不知道过了多久，一线天慢慢显露出来。你们被蹿出来的形状如猫的动物惊醒。出于职业习惯，他端起相机一阵"咔嚓"，只见蹿出来的小动物浑身呈红色，尾巴长。一阵闪光灯的强光，惊得它们很快消失在地缝口。他很兴奋：

"这是'飞猫'。这个地球上的神秘家伙，很难见到。它长有翅膀，我们也叫它'天使猫'。"

话音未落，一阵风过，一个东西朝地上扑来，把背包踢打在地。你抬头，发现洞顶上黑压压一片，全是蝙蝠。

"快拍，蝙蝠奇观。"你轻声提醒他。

但他没有听你的，而是迅捷地背起背包，拉起你迈腿就朝前跑。

"蝙蝠不会伤人，不用怕呀。"你想。气喘吁吁地走出这一段地缝后，他轻声对你说：

"有一年，秘鲁军队在亚马孙丛林捕获的蝙蝠，有人那么高，会吸血，还咬死了几头牛。虽然刚才见到的这种蝙蝠看起来也是我们常见的蝙蝠，但很难说它不会伤人。"

你回头朝刚才走过的地缝看，一副恋恋不舍的样子。

"我也很喜欢那个声音。很遗憾，刚才没能把那个声音录下来。"他有些惋惜地说道。

"这声音究竟从何而来？地缝本身？"

"不是。就是蝙蝠发出来的。"他很肯定。

"蝙蝠？我只知道它会发出超声波，并用回声定位来'看'东西和捕猎。"

"但蝙蝠发出的超声波音频很高，我们是无法听到的。美国《科学》杂志曾经报道，蝙蝠像鸟一样，会唱歌。它们能发出多音节的颤音。和许多鸣禽一样，大多数喜欢唱歌的蝙蝠是雄性。蝙蝠奉行一夫多妻，雄性与一只以上的雌蝙蝠交配，唱歌是为了吸引雌性的注意。"

"大开眼界。"

"不过，蝙蝠本身的声音没有这么动听，应该是地缝特殊的回声，使得这个声音变得如此悦耳迷人。在动物世界，好声音可谓精彩纷呈。非洲象靠'顺风耳'，能与几百公里外的同伴说话交流。但这'顺风耳'并非它蒲扇般的耳朵，而是能感受地面震动的四只大脚。非洲象把一只脚放在另一只脚的脚趾头上时，它们会'听'得更加清楚。当然，象鼻也不甘示弱，具有同样功能。"他细声细气地对你说道。

又一深潭挡住去路。一只蚂蟥爬到他裸露的大腿上，鲜血瞬间流了出来，你忍不住发出一声惊叫。他正在寻找凸出来的岩壁拴绳子，还没有反应过来是怎么回事，一块石头就从"一线天"砸了下来，落入深潭，水花四溅。要不是你们躲闪得快，想必头破血流。一场惊吓过去，你更加不敢发出声音。

走出深潭。一股芳香的气息不知道从何而来，钻入鼻腔，让人心旷神怡。这股香味一会儿如气息清澈、沁人心脾的薰衣草香，一会儿如缓解紧张、平衡沮丧的广藿香，一会儿又似气味清甜、振奋精神的茉莉香，一会儿又如驱散焦虑、浪漫诗意的檀香。当你以为它会持续下去时，它又在瞬间消散无影；当你以为它消散无踪时，它又悄然而至。你生怕错过每一分钟，你觉得之前闻到过的美食香、法国香水香乃至各种花香，简直就是小巫见大巫，不能相提并论。这股香气让人想到最清澈的河流，让人眼前浮现出最好看的建筑，让人仿佛置身于最大气磅礴的山水风光中，让人浮躁的内心恢复平静，让人与忧伤、惊恐作别，获得欢乐、安详。

很快这股香气让你不能自已，仿佛有一种无形的东西在吸取着你身上的力气，你渐渐觉得行走吃力，举步维艰。你紧紧地抓住他的手，你感觉他的手心在冒汗。而此时此刻，不知道从何处跑出来的白雾笼罩住了地缝。你再一次坠入无边无际的恐惧之中，完全不敢想象，接下来会发生什么。

你亦步亦趋，努力跟上他的步伐前行。但因为你有气无力，他牵着你，就像拖着一个掉了轮子的拉杆箱前行。忽然，你感觉到脚下冰冷的石头变得松软，你想看，但被雾气挡住了视线。他猛然转身把你扛到肩上，要你闭上眼睛。你遵照执行，你感觉自己失去了理智，灵魂移出了身体，他扛着你的躯壳前行。直到这股香气不再在鼻尖萦绕，你才清醒过来。睁开眼睛，你发现已经离开了刚才那段地缝，来到另外一个忽明忽暗的地缝中了。

他一边喝水，一边轻声对你说道：

"刚才我们走的是蟒蛇路。蟒蛇一条连着一条，形成了一条蛇路。"

你吓得把水吐了出来，吐了他一脸，他并没有生气。

"对不起，对不起。"

你忙着找纸巾。你想要是你没有"遵照执行"，看到蛇，想必要么被吓疯，从他身上滚落，被蛇裹卷，要么直接被吓死，一命呜呼。你庆幸躲过一劫，暗暗告诫自己，以后遇到香味，一定要蒙上鼻子迅速穿过。但这一劫没有结束，而是才刚刚开始。你们把水放回背包，前行不远，就发现前面差不多被一个黑黢黢的东西堵死了，原来是一条巨蟒盘成了一个圆盘，有一人多高。若要前行，只有从它的身上爬过。危险还不仅如此，四周的山壁上也爬有多条蛇，虽没有堵住去路的那条蛇大，但也有三岁小孩手腕那般粗。你整个人被吓得一句话也挤不出来，虚汗像井水一般从身上狂冒。

"蛇不会主动攻击人的，不用害怕。"他轻声对你说。

他很快拿出了驱蛇药粉，撒到你们四周。你实在害怕，要他拿刀给你壮胆，他只好把刀给你。你握刀在手，觉得心里踏实了些。

"地缝里温度低，蛇爬得慢，不用害怕。等太阳离开，地缝里温度更低，蛇就会一动不动，那时我们再行动不迟。"他轻声说道。

有好几条蛇像蜗牛一样，朝你们所在的方向爬过来。

他像一个武林高手，双手合十，一动不动。爬到前面的那条蛇就要爬到他的脚背上时，你朝蛇举起了刀，闭上眼睛，一刀下去，血花四溅。其他的蛇很快朝你们爬过来，那条堵在地缝口的巨蟒也开始朝你们爬过来。看到这阵势，你整个人被吓傻了，把刀递给他，不知道怎么办。此刻的你完全被吓蒙了，不敢再看四周，任由他牵着。没有最坏的打算，也没有最好的幻想，一切听天由命。

不知道过了多久，不知道其间他和蛇进行了怎样的搏斗，待你跟着他停下来，周围已经没有了危险。他低声对你说，若前面遇到类似的情况，不要主动袭击蛇，不要惊慌，不要害怕。他刚才并没有和蛇正面冲突，只是做到远离蛇的头部一米之外，尽量靠近蛇的尾部，能走就走，能跑就跑。他说：

"地缝里温度很低，蛇爬行缓慢。但即使温度高，蛇的肺活量较小，也爬行不远，就会力不从心，所以它跑不过人。蛇的双眼生于头部两侧，视力不好，一米以外的物体根本看不到。它的眼球后方没有视凹，只能辨认距离很近的活动的物体，静止的物体对于它而言如同无物。无论处于何地，尽量不要去伤害其他生物，我们只要了解它的习性，就能不战而胜。"

虽然他的安慰温暖如春，但你还是希望前方不要再看到群蛇舞动的场面。

重新上路，"一线天"不再咄咄光芒，口子越开越大，脚下的道路也出现了干燥的地方，不再如之前那样湿滑。他越走越快，你亦步亦趋。不回头，不多想，希望前面就是希望。

希望前面就是希望，真的就是希望。你们很快走出地缝，地面空旷，树林稀疏，阳光灿烂，白云飘荡。

但这里并非地缝的尽头。只是地缝在这里断开了，完全断成了两截，就像被锋利的刀斧砍过一样，就像被专业的石匠切出来的一样。地缝的另外一截在不远处，张着阴森恐怖的大口。阳光明晃晃地打在树上，透过树叶掉在你们身上。你如释重负，绝处逢生，感觉自己死了好几次，终于从地狱里爬出来，原本深不可测的丛林成了人间天堂。

他忘记了大声喊叫会带来山石滑落的危险，猛地把背包放到地上，跳到一块大石头上，面对走出来的地缝，嘶吼起来。声音如歌，在山间回荡，经久不息。你也学着他的样子，狂吼起来，不过你没有站稳，声音还没有响起，就差点从石头上滚落下来。

声嘶力竭，耗人心力，不亚于奔跑。你们坐下来休息，喝水，吃干粮。他若有所思，突然说道：

"十二，在古希腊时期曾代表完美、完整。这里为什么叫十二背后呢？不是因为它有十二口深潭、十二种危险动物，是因为它有十二分好看的风景、好听的声音、好闻的味道，你要看到、听到、嗅到，必须花十二分的力气。看到、听到、嗅到，对应的是眼、耳、鼻。眼、耳、鼻后面是舌、身、意，加起来是我们人类认识外界的六个门。听牛导说，地缝有三段，我们走过的这应该就是第一段，第一段是眼睛看见美景，耳朵听到美声，鼻子嗅到美味。那后面两段应该就是舌、身、意，也就是舌头可以尝到美食，身子可以触到美感，让人所思所念所不能忘。不用说，后面两段应该比第一段更加精彩。十二背后，这真是一个非常不可思议的地方。"

他好似在自言自语，又好似在说给你听，你听得云里雾里，正在寻思，找什么话来搭茬，只听见他又说道：

"细细想来，无限风光在险峰，不畏艰难，战胜恐惧，就能收获最美的风景。但最美的时候，也是最危险的时候。避免受伤或暴死的办法只有一个，那就是不要迷恋，不要贪心，见好就收。"

"说得真好。"你怯怯地说。

"据牛导说，从第一个地缝口出来，不太远的地方就能遇到人家。"他对你说。

他对着第二个地缝入口，拍了几张照片，然后带着你朝山上爬去。为了节约体力，你们不再说话，就像两个迷失在树林里的哑巴，一前一后，砍杀前行。

# 5

天边日落，暮色深浓。终于，在夜色升起时，你们走出森林，来到一户人家门前。

主人热情，要杀鸡款待你们。但你们感觉身体有如骨肉分离，谢过主人，随便吃了点东西，就倒头睡去。

第二天一早醒来，你想这应该是最浪漫的一天，因为爱情之门就要在你们之间徐徐开启。你将在双河客栈为他朗诵他写的信，你想象他的反应，是羞涩，是兴奋，还是干脆利落，直接把你揽入怀中……

你在美好的想象中走出门来，细雨纷飞，一地湿滑。主人正在拿草喂牛。

"他走了。天不亮就走了，让我和你说一声。"主人对你说道。

"老伯，你说谁？"你问主人。

"昨晚和你一起来的那个男生。"

"不会吧？"你立刻转身，跑去推开他昨晚睡的那个房间的门，只见屋内空无一人，被子叠放整齐。

"他没有告诉你，他去了哪里？"你带着哭声问主人。

"不得。"

"没有留下字条？"

"不得。"

"什么都没有？"

"哪样都不得。"

"就这样悄无声息地走了？"

"嗯，背起包就走了。"

你转身回屋，躺到床上，眼泪滑落下来。大脑一片空白。靠山的房屋潮湿，一落雨，整个屋子也感觉湿漉漉的，你现在感觉浑身更不舒服了。要是昨晚方便，无论如何会先洗个澡，可是山里人家简陋，没有洗澡间，他们洗澡都是到屋外，拉起水管直接往身上冲。没有沐浴液，没有香皂，没有洗发水，就像雨水冲刷屋檐，自然冲洗。你竭力回想昨晚临睡前，你们互道晚安时他的表情，可是却什么也想不起来，因为屋子里的灯光太过昏暗。

你只是记得他转身时，好像朝你笑了一下，就关上了屋门。你本来想追问他明天的行程，但感觉天亮再问也不迟，因为彼此都已经很疲惫了。你想，你们一起经历生死之旅，虽然还没有正式确定恋爱关系，但已经是友谊地久天长，已经是缘分天注定了，接下来肯定是一起前行。然而，然而，然而，然而，然而，然而，然而，然而，然而，然而，然而，然而，然而，然而，然而，然而，然而，然而，然而……你抬起衣袖擦拭着眼泪。

　　屋外远处是山，山上是树，树的周围是死缠烂绕的大雾。近处是一片玉米地，玉米长势良好，差不多有人高了。你从床上站起来，休息了一晚上的力气，不知为何又全都跑掉了。接下来，你不知道怎么办，完全没有一点办法，但有一点是肯定的，目标已经消失，追随已经不太可能。

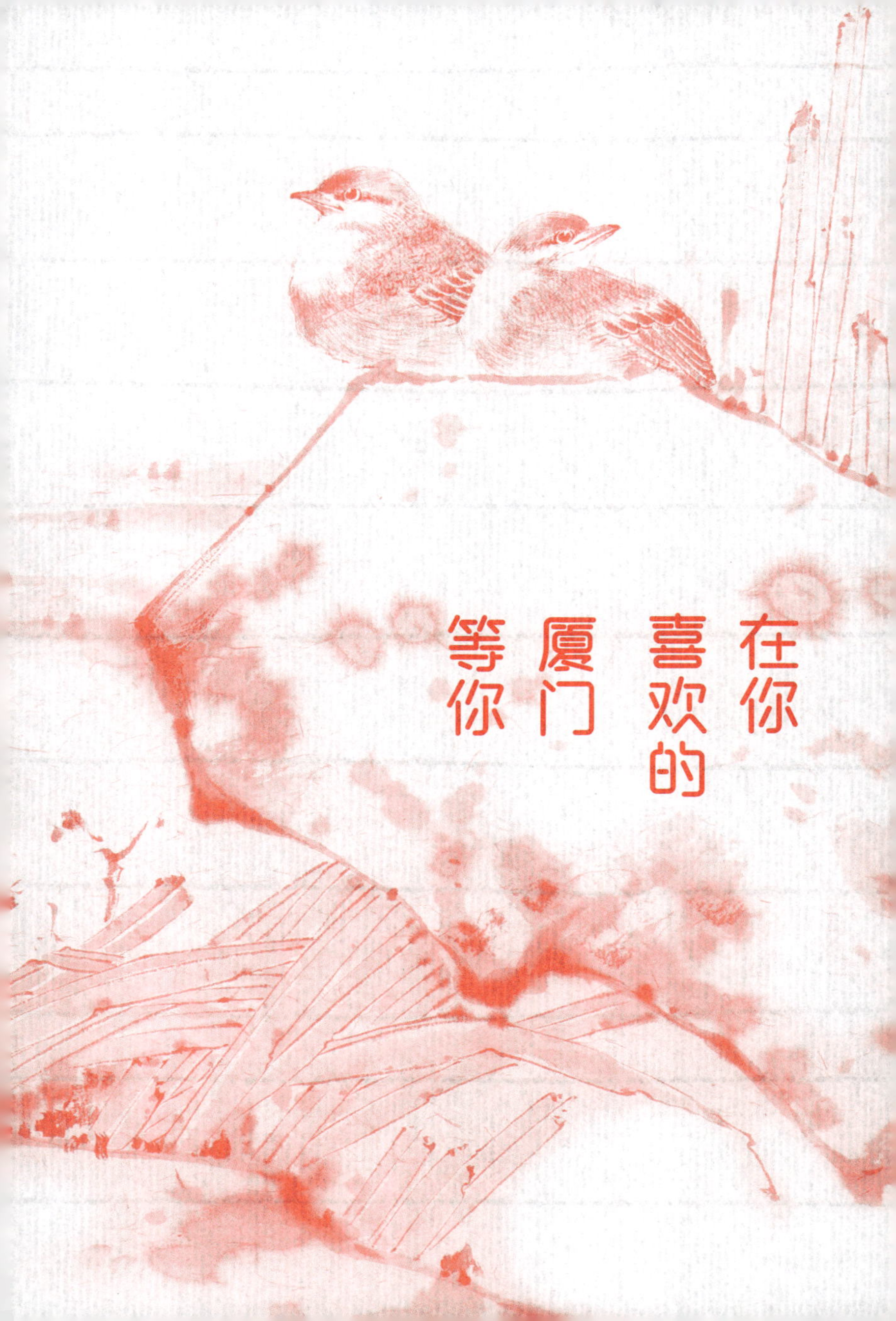
在你喜欢的厦门等你

# 1

你要的愉悦和幸福在悄然降临。

阳光升起，

崇高的心向你靠近，

美好的未来正在呈现，

与你相似的灵魂朝你走来。

天蓝云白，

你奔赴远方，

辽阔无垠。

# 2

不要让那些太多的难以言说，

阻挡你一路前行，

不要让那些弄不明白的事，

让你一路泥泞。

人生就是体验，

就是成长，

就是做自己。

你该大胆一点，

疯狂一点，

你想走的路勇敢去走，

你想见的人早点去见，

你想做的事马上去做，

因为，这就是你活着的全部意义。

## 3

世界变幻莫测，

岁月不饶人心，

身边的人已不是当初的模样。

愿你纯真如昨，温润如玉，

把温柔留给他人，

把温暖传递给世界。

## 4

这是繁忙的一天，

我想·。

这是望闻问切的一天，

我想 。

这是时光虚度的一天，

我想 。


你说《望月》是你学会的

第一首歌。

我遥望远方，

东面的天空，

云朵看着太阳，一往情深。

西面的天边，

月亮正恋恋不舍走向远方。

# 5

关于爱情，

我写在书页里。

关于你，

我想生生世世。

当你启程前往

你想去的地方，

愿阳光做伴，

奇迹发生。

当你启程去见

你想见的人，

愿他在你喜欢的厦门等你，

天朗气清。

# 6

我希望我能与你分享世间的

美好事物，

在白日，在夜晚。

我愿意陪你走过万水千山，

春夏秋冬，岁岁年年。

# 7

树林深处有人家，
湖泊尽头是小船。


你走过的地方，
杜鹃花开成海。
我抵达的所在，
阳光铺满大地。


这是日日月月的期盼，
也是年年岁岁的心愿。

# 8

我在鼓浪屿等你，
落日余晖抚摸我的脸。


我在厦门大学等你，
清晨的阳光照亮我心间。


我们之间没有约定，
只是洁净如初生，
永远是初逢。

# 9

我来到这人间，

没有任何目的，

只是来看看美的东西 。

发现美的东西，

并欣赏它 。

感受到美的东西，

并分享它 。

仅此而已 。

# 10

厦门的大海一望无垠，

夏日的阳光平静如我 。

## 11

感谢你带给我的每一寸光阴，

我把它们都献给光明。

去旅行吧（来厦门吧），

那里有我们的约定。

## 12

光阴走过白日，

我走过你的夜晚。

海风拂过你的脸颊，

幸福荡漾我的心坎。

## 13

我们终其一生，
不过是为了过上
自己想要的生活。
做自己喜欢的事，
并能从中获得欢喜，
有自己爱恋的人，
并能相伴获得幸福。
不想见的人可以不见，
不想走的路可以不走。
有很多闲暇时光，
可以自己浪费，
有很多美好事物，
能与亲朋分享。

## 14

我把我的思念交给海风，
愿它能吹到你抵达的地方。

# 15

"天明就去转山。"
这是一天最美的时辰，
我听见你的声音。


冈仁波齐，世界的中心，
西藏最神圣的地方，
朝圣是一条灵魂之路，
亦是一条生命之路。
我们抵达，我们转山，
不过是为了看清自己，
找到自己，明白自己，
内心不再迷茫纠结。


我走出帐篷，积雪铺满，
经幡遍布。
藏民空茫而辽远的歌声
从远处飘来。

玛旁雍错如海辽阔，
拉昂错神秘幽深，
纳木那尼雪峰如幻似梦。
冈仁波齐，雪山中的莲花，
冈仁波齐主峰，莲花的花心。


这是一场梦境，
在海浪如歌的鼓浪屿，
我的心萦绕着青藏高原的云，
那是你抬头看见的地方。

**16**

你让我想起一切美好的事物 。


**17**

我在黄厝海滩 ❶ 等你的消息，

阳光躺在海面上，悠然自得 。

多么希望它躺得再久一点，

你回来时能看见水的笑脸 。

那停留在水面上的风，

像我送给你的诗一样轻柔，

那水中的云朵，

它们是多么的安静，

就像你在冈仁波齐的下午，

世界都是慈悲，没有泥泞 。

❶ 黄厝海滩位于厦门思明区
环岛东路，因处于外海与内海
相对流的夹角位置，水质自净
能力比较强，相比较环岛上其
他海滩来说，水质是最好的。

## 18

我在厦门日光岩看风景，

他转山西藏冈仁波齐。

这是一个人的清晨，

亦是两个人的日常。

天遥地远，云端分享，

彼此见到光芒。


人间最美的等待不过如此吧。

天遥地远，云端同行。

他等我的夜晚，

我等他的清晨。


我以本草开头，

那是他的职业。

我以恋歌跟随，

那是人间温柔。


有一个他在我心上久久停留，

有一个我陪他走过西藏辽阔。

## 19

这是一段令人感动的时光，

如果有一天老去，

回想起这些文字，

如果有一天双目失明，

有人提起这些老照片，

我想我的眼前会浮现

那个脚穿皮靴的少年，

走过喜马拉雅，

走过万水千山。

落日镕金，照亮他坚毅的脸；

厦门有我，装满对他的思念。

# 20

阳光暖暖的，

在花上睡着了。

我懒懒的，

在地上打了一个盹儿。

已到申时，生一炉火吧。

就像那日在隔妹河[1]，

茶汤翻滚的时候，

你的故事回荡山谷。

---

❶ 隔妹河发源于贵州都匀风
景名胜区螺丝壳山间，水质可
达到直饮水标准，被当地人称
为"矿泉水"河。传说从前有
个小伙与他心爱的姑娘分别居
住在河两岸，但因河流涨水耽
误了两人相会，只能隔河相望
以解相思，因此叫隔妹河。

# 21

时间让人类千疮百孔，

你让我卑微如蚁。

## 23

我们渴望的事，

不过是能有一次说走就走的旅行，

我们心心念念的，

不过是在这场旅行中能有一场

刻骨铭心的遇见。

## 22

到过西藏，

才明白之前见过的

都是小山小水。

经历过苦难，

才明白人的一生

无时无刻都是在修行。

抵达珠峰是很多人的梦想，

但只有极少数的人能梦想成真，

收到你抵达珠峰的照片，

百感交集，为你高兴。

你是无边无际的海，辽阔深邃，

亦是一部古老的线装书，

值得慢慢翻阅。

感恩遇见，有你真好。

大美山河，我已来过，

在清晨，在夜晚，在云端，

在星空，在慢慢的时光里，

在深深浅浅的脚印中。

平安吉祥！光芒相随。

## 25

我站在门口，
等待邮差的到来，
我遥望远方，期许看到你的身影，
这是一天最安静的时刻，
我满怀希望。

## 24

我的时光是你的，
我的世界也是。

远方不远在远方，
你不远在心上。
那库尔勒的花呀，
你是不是也如我，
天不亮就睁开眼睛，
只为能早些看到曙光。
你是不是也如我，
在一天最安静的时刻，
满怀希望。

## 26

我想和你一起，
任时日荒废，
任岁月蹉跎。
在这个夏日的早晨，
我们轻轻走进吐鲁番，
慢看阳光拂过树尖，
静等一颗葡萄飘落。

## 27

昨夜我该告诉你我患了相思病。
但我没有说这个，
我也不清楚我说了什么。
我像一个喝醉了的人，
摇摇晃晃地走过人间。
思绪乱槽槽，语言一片混乱。
我那幼稚又可笑的试探，
一定让你生厌。
这个夜晚是如此漫长，
这个清晨让人无比沮丧。
我扭伤的脖子又疼又痛，
我不知路在何方。
我希望能看到你，
在清晨，在午后，
在黄昏，在午夜，
在阿尔金山，在古城楼兰。

# 28

黄昏将至，你在哪里？

这一日你走过的地方，

有没有花香鸟语？

这一日，我如梦游走过，

无所事事，又忧心忡忡。

我想给你写一封信，

却又找不到合适的字句，

我想为你吟唱一首诗，

却又心怀忐忑。

我翻开书，又关上书，

我走进阳光里，

又走到阳光外，

我在沙滩上，

又好像在海水中，

我的眼里没有风景，

若有，

那不过是你此刻的样子。

# 29

有些人，只谋一面，

就想永远。

有些景，只看一眼，

即是不舍。

我如野花，即将凋谢，

你似喀什，金口不言。

带不走这一城繁华，

拖不动这一地柔情，

愿此时此刻化作永恒，

花不再落，水不再流。

# 30

黄昏已至，我想起你，

想起车行无人区，

想起你的眼神，

你暖心的容颜，

想起你开车的样子

和你看见风景的神情。

东溪❶奔流不息，

我坐在岸边，

我忘记人间所有的事情，

眼前只浮现你

前行不止的身影。

这是一年中最炎热的一天，

我的心犹如骄阳，

驰骋在你经过的荒野。

❶ 东溪是厦门入海河流西溪
的支流，发源于厦门市北部汀
溪镇西格山。

# 31

有些风景，

你再不去欣赏，就没有了。

有些人，你再不去探望，

就没有了。

有些爱，你再不表白，就没有了。

人生并非你想象中那样长长久久，

很多东西转瞬即逝，

来时，没有及时抓住，

以后穷尽努力，也不会重逢。

## 32

三千多米的海拔你就高反了，

5680 米的海拔让你望而生畏。

有一种旅行是他在前方奔赴，

你在后方隔空相伴。

他站在卓玛拉山口俯瞰，

托吉错慈悲湖碧绿如玉。

你在白城沙滩❶ 看日落，

海蓝浪白，细沙柔软，

日照金山、

雪莲花和红景天在眼前浮现。

❶ 白城沙滩位于环岛南路，在厦门大学白城校门附近。

## 33

夜晚，万家灯火的夜晚

你对集美的凤凰木❷ 说：

总有一个人会站在你身旁，

那是知己。

总有一样东西会陪着你前行，

那是希望。

总有一次相逢会让你心潮澎湃，

那是爱情。

❷ 凤凰木是厦门市树，叶如飞凤之羽，花若丹凤之冠。每年 5 月花期如约而至，灿若云霞满城红。

## 34

一个人爱上另一个人，

内心是通透的。

忘却世间繁杂，

只想一心一意，

忘却人间所有，

只愿永远跟随。

但我胆小如鼠，

怕蛇、怕狗、

怕东、怕西，

怕在他面前说错话。

## 35

有一段旋律一直在耳畔回旋，

那是《今夜无人入眠》。

有一个人一直浮现眼前，

那是你的每一个瞬间。

## 36

我想经历你经历的一切。
路遇狂风雨雪，
又被高反弄得头疼欲裂。
我想走过你走过的夜晚，
寒风凛冽，彻夜未眠。
如果能减轻你的痛苦，
并能让你平平安安。

## 37

时间有时短得来不及，
有时冗长得没有尽头。
无论发生什么，
我一直坚信经历的酸苦，
是为了成就美满的幸福。
走过的沟沟坎坎，
是铺垫理想的路。

## 38

佛祖保佑你一切都好好的，

神山护佑你平平安安，

度过今夜，你将迎来新生。

你听到了吗？

海风如歌，

那是一个人对一个人的

心心相惜，

一个夜晚对一个夜晚的

情真意切。

## 39

前方一定有夏日，有读书会，

但不会有我们。

这是一个令人沮丧的时辰，

没有人能懂得我的心事。

# 40

清晨，

我走进幽深的山谷，

寻找我们走过的足迹，

我坐下来听水声听鸟叫，

希望能再次听到你的声音。

# 41

我想送你整个秋天，

有一山红叶，

是你喜欢。

我想送你整个夜晚，

满天星辰，

写满爱恋。

但我一无所有，

万物安生，

眼前呈现。

# 42

我们常常在某个深夜

来到自家楼下，

却没有勇气上楼。

没有原因，

只想独自静静地待一会儿，

抽一支烟，

看烟圈慢慢被黑夜吞噬。

我们常常在某个深夜，

莫名悲伤，

泪流满面，无所适从，

任自己一直往下跌，

跌到无尽处。

# 43

疫情过后，

做浪迹天涯的人

一起奔赴心仪的地方。

冥冥之中注定的事，

一定会在某个时间出现；

心心念念的地方，

一定会成就人间欢喜。

## 44

这是一个让人一言难尽的秋天，

秋风带走落叶，你带走我的心。

昨夜你再次进入我的梦境，

那是前往西藏的旅途，

天空如镜，

一个意气风发的少年。


我不想规划人生，

也不想去计划旅行。

我希望某天清晨醒来，

你对我说：

"我们出发吧，

喜欢哪里哪里停留，

哪里天黑哪里留宿。"

## 45

我不知道你下的什么药，

一整个夜晚我都在想你，

我不知道你指引的是什么路，

我的前方浓雾弥漫，

看不清方向。

这是一天最美的时辰，

我希望能见到你，

并与你分享兰花的清香，

这是来自幽谷的醉红素，

一年就这几天绽放。

# 46

我为你写的诗，

你似乎看不见。

我为你作的画，

留在我心间。

秋天的风带走落叶，

忙碌的你带走我的时间。

# 47

太阳还未爬上山头，

河畔有人走过有人停留。

我想起你微笑的样子，

想起你说的话，

想起你从厨房进进出出，

想起你打开相册的瞬间。

面对时光流逝，

你的眼神，

让人欢喜又让人心疼。

## 48

欣赏一朵花慢慢绽放，

等待一个人读一本书。

在可以看得见群山的地方，

我想起你的模样。

## 49

你要好好的，

让我眼前有光。

## 50

月亮目送太阳慢慢下山，

我悄悄回想

与你在一起的每一瞬间。

那是一生中

最美好的闲暇时光，

你的故事在我心间缓缓流淌。

## 51

我向你道声早安，

爱是一池湖水，

你是洒落在水上的

那一缕阳光。

## 52

黄昏没有等来满天繁星，

我也没有能等来你的回信。

这是一个令人沮丧的时辰，

云彩没有找到回家的路，

我也迷失在空空荡荡的人间。

## 53

我向你道声晚安，

爱是山间一味药，

你是发现药的那个人。

## 54

让我一个人陷入其中，

你不可以。

让我一个人走进深谷，

你不可以。

让我一个人泪流满面，

你不可以。

我的所有，

只是尊重内心的指引，

走进你的世界，

并在你的世界里探寻。

## 55

我想为你做一个标本，

用秋天的银杏叶。

因为他们说，

银杏叶里藏着秋天最美的祝福。

我想邀你去一个地方，

那是梦境之地。

因为他们说，到过那里的人，

会满心欢喜，一生幸福。

## 56

时间过去这么久，

我的内心依然没有得到平复。

经历了人间的不堪，

没有抱怨，没有恨意，

你的包容与温暖善良

令我动容。

经历过死亡，没有绝望，

没有放弃抗争，

用利他之心、

爱和自己所学战胜病魔，

让自己重获新生。

你顽强的生命力

与坚韧不拔的意志，

给我力量。

你的故事打动了我，

你的有趣吸引了我，

我想再次踏访生你养你的那片土地，

去感受那里的生机勃勃与无奈忧伤。

去见你想见的人，与他们互诉衷肠。

## 57

我们初遇那日，霞光满天。

我们重逢那夜，满天繁星。

十月，愿你美好如初，

十月，愿你心愿达成，

十月，愿你如海辽阔，

十月，愿你记得有我。

## 58

在看不到时间的尽头，

我有万千心事。

在深不见底的内心深处，

我有无数个你。

那些闲暇时间洒落的，

都是你的故事。

当夜色来临，

让我踩着星光去找你。

## 59

这是一天最美的时辰，

我总会在此时此刻想起你。

我想我该画下美的一切，

并挂到你窗前，

那是阳光的暖，

那是田野的野，

山海辽阔，天蓝云白。

那是山川对土地的眷恋，

大海对天空的表白。

我对你的欲说还休，万语千言。

## 60

我知道你一直在那里吟唱，

爱的奉献，

你把健康带给人间。

我向你道一声早安，

爱是黑暗里的一束光，

你是那束光的光源。

我来自古老村落，

爱着烟火人间，

你会一直在那里等我吗？

你说：

" 你来，或是不来，

我都在这里 。"

## 61

我喜欢野花遍地，

喜欢流水潺潺，

喜欢有你的时光，

内心宁静，

看到的都是柔软，

想起的都是美好。

## 62

镇远 [1] 的风吹过河岸，

有些人时时刻刻在心间激荡，

有些事分分秒秒在脑后萦绕。

我在寻觅与等待中徘徊，

只是为了能找到适合

你做油茶的茶叶。

他们说镇远的荒野，

有一片茶山，

那里的树古老又神奇，

有风的吟唱，有雪的舞蹈，

那些尘封百年的

爱情静静流淌，

做出的油茶最是迷人芳香。


在这纷繁复杂的人间，

有一个人记得你无意间说的话，

并用心奔赴，那是幸福。

[1] 镇远县位于贵州省东部武陵山区，属贵州省黔东南苗族侗族自治州，距离州府凯里市96公里，是贵州高原向湘西丘陵过渡的斜坡地带，属中亚热带湿润气候区。

## 63

枕水而眠，今夜是多么美好，

满脑是你，今夜是多么忧伤。

盼今生有时，

和你走过万水千山。

愿来生有缘，

与你共度最好时光。


今晚的月亮好孤单，

没有一颗星陪伴，

没有一朵云同行。

我的秘密就是一步步走近你，

慢慢打开你的秘密，

让美好流传人间。

# 64

我们终其一生寻觅的幸福，

不过是萍踪不定的漂泊，

不过是身不由己的无奈，

不过是顾影自怜的落寞，

不过是找不到出口的迷茫，

我们终究空空荡荡，

一无所获。

但我们依然激情满怀，

从不放弃，

因为最美的人生在路上。

沿途山海辽阔，

风景这边独好，

太阳的光辉照耀着我们，

此时此刻，

我们能握在手里，

并沉浸其中。

# 65

他手上拿着一本
《消失的地平线》，
我对他无比好奇起来，
我想他应该是一个
非同凡响的人，
来自某个神秘的村庄，
那里的人们都像
长不大的孩子，
眼神天真，
笑容灿烂。

我甚至想他是不是
住在悬崖边的一栋木楼里，
每个夜晚都能听到风的吟唱。
他坐下来，
像一个绅士，
用右手轻轻掸了掸
身上的灰尘，
然后翻开书，
这时我才明白，
他拿的这本书实际是
《黄帝内经》，
只是包了一个
《消失的地平线》的壳。

# 66

如果能见你，

假装生一场病也是可以的 。

那样我能在

阳光铺满草地的下午，

沏上一杯茶等你，

等你讲述你的过去，

那些让人心碎的往事 。

那样我就能慢慢打开你的心扉，

打开你眼神藏着的秘密 。

那样我就能写下赞美你的诗句，

我花园里盛开的花都是你的，

草木青翠的下午是你的，

我向往的远方是你的 。

白云飘荡，

大海无边无际，

宇宙中响起

《本草恋歌》的旋律 。

# 67

没有虫鸣，

鸟的叫声如海水奔腾不息，

一浪高过一浪，

天色一点点变亮，云朵由白

变红，

太阳升起的地方泛起金光。

远处的群山浓雾弥漫，

渐渐与天相连。

我遥望远方，期许你的来访，

这是一片不毛之地，

除了湖泊宁静，空气清新，

我一无所有。

我热爱我现在的生活，

无欲无求，

希望每天都崭新如初，

月亮落下，太阳照常升起，

在鼓浪屿听海浪吟唱，

在夜晚等待你的来信。

# 68

如果我是画家，

我想我该送你一幅画。

关于一天清晨，

阳光划过指尖，

梦里一片田园。

如果我是诗人，

我想我该为你作一首诗，

关于一生一世，

走过山海辽阔，

只有你在心间。

# 69

我起这么早，

不过是为了在太阳升起前，

给花浇水，

在你起床后，

能吟咏我为你写的诗歌。

这是一个令人沮丧的夜晚，

灯火阑珊，望闻问切。

你一身疲倦。

## 70

好像什么也没有做，

一个月就快走到尽头，

好像什么也没有想，

你就来到身旁 。

你是没有归途的男子，

我是一个无家可归的旅人，

相遇在这个如山如雪的清晨 。

愿我们都有一个美好的未来，

在那个古歌飘荡的地方，

有一间你喜欢的木房，

那里流水潺潺，人心纯朴，

小径通幽，鲜花绽放 。

## 71

我喜欢听茶汤滴落的声音，

喜欢茶汤的第一缕清香绕过鼻梁，

喜欢阳光越过海岸，

照在你经过的地方，

那是你的梦想之地，牧场无边，

骏马奔腾，歌声悠扬，

信鸽带来的信件

在草地上徐徐铺开，

挚友从远方来访 。

## 72

不要滔滔不绝，

还有什么比沉默更有力量呢 。

## 73

这是一天的上午，

我被你遗忘在一个古老的村庄 。

这里牛肥马壮，

这里人间温柔，

这里古歌飞扬，

这里人心淳朴，

这里袅袅炊烟，

这里流水潺潺 。

这是你心仪的地方 。

## 74

沙漠，戈壁，

雅丹，无人之地。

夕阳落下，繁星满天。

我一直想一个人，

仗剑骑马，走遍天涯。

如果我们能在途中遇见，

那一定是在一个酒馆，

你心孤独，醉意昏沉。

## 75

我本身没有故事，

遇见你让我成为

一个有故事的人。

## 76

对谁都不要羡慕，

世界上所有光鲜亮丽的背后，

都是让人心碎的艰辛。

## 77

夏天的风在窗台停留，

我的思绪却飘向远方。

有些事想了一遍又一遍，

有些人念了一回又一回。

世界乱七八糟，

人生空空荡荡。

**78**

人间的很多相遇不了了之。

**79**

阳光洒落的瞬间，

有鸟飞过。

你到来的白日，

花开正艳。

## 80

明日就是秋天，

交替之际，

夏天会对秋天说什么呢？

我问月亮，

月亮让我问星星，

我问星星，

星星让我问你，

你沉默不语，

任时光无情流逝。

## 81

令人沮丧的黄昏，

鸟儿飞过没有痕迹，

你走过没有留声。

# 82

人在最热闹的时候最孤独。

# 83

那些本草是多么快乐，

在幽深的山谷，

没有人间的纷纷扰扰。

那时的你是多么的幸福，

在古朴的村落，

没有人生的起起伏伏。

## 84

我走近你，

你对我爱理不理，

我走进人群，

找不到一个说话的人。

我想跳进海里，

和鱼一起游荡，

或许它们能懂我。

就像天空懂得云朵，

阳光懂得大地。

## 85

怎么度过都是一生。

我不想认识太多的人，

也不想让太多的人认得我。

有你做伴，

我只想做一个胸无大志的人，

无所事事地度过每一天。

## 86

我突然想起那些美好的时光，

和那些美好的事物，

我们走过的山谷鲜花遍地，

我们度过的日子写满诗歌。

你说我们就做知己，

你痛哭的夜晚，

我在身旁，

我欢笑的白日，

你在心间。

## 87

你以为懂你的人，

不一定懂你。

你以为美好的事物，

不一定美好。

人间一场多是错过，

世上一遭多是苦涩。

## 88

我想偶遇一个人，

用一生的时间去交往 。

而不是急急匆匆的告白，

突如其来的消散 。

## 89

今日我想做的事，

就是奔赴，

朝你所在的方向 。

## 90

我想给你写一封信，

一封长长的信。

慢慢讲述我的一切，

包括那些失去你的时光，

如何度过漫漫长夜，

包括联系不上你的时候，

有多少眼泪打湿眼眶，

包括我一个人走过一座城，

从夜晚走到黎明，

直到筋疲力尽。

但今天我提起笔，

一个字也写不出来。

我不知道为什么。

## 91

有多少时日，

我们能听从内心深处的声音，

做一回自己。

在我们漫长而短暂的一生中，

我们太多时候

无不是被世俗规划与安排，

活成一根绷紧的弦，

寻求所谓的财富与权力

庇护自己。

到头来，

不过是一场空无。

## 92

森林因为不纠结
今日是阴是晴，
所以郁郁葱葱，
蚂蚁因为不在乎
明天是风是雨，
所以生生不息。
我们的每一天都是赚来的，
无论遇到什么，
学会接受它，
看破它，放下它，
迎接太阳初升。

## 93

面对时光的无情流逝，
我处于欢喜中，
也处于忧伤里。
面对你的不知去向，
我惆怅迷茫，又清醒如初。

# 94

世界上都是山，

大地上都是河，

很多时候都是阻隔。

我这一生，

还能怎样，

又能怎样，

不过就如此吧。

浑浑噩噩，

又假装前行不止。

# 95

我们在等待黑夜过去，

太阳初升，

浓雾散去，天朗气清。

我们在找寻人生的幸福，

活着的意义。

我们激情澎湃又垂头丧气，

我们豪情万丈又满怀忧伤。

时光无限，

我们没有自己的名字；

天地广阔，

我们没有自己的足迹。

我们明白一切，又懵懂无知。

我们生生死死，又死死生生。

# 96

风筝飞过蓝天，

水声飘荡山谷。

目之所及都是风景，

耳之所听都是歌声。

我心属于大自然，

属于我热爱的土地，

在这里我能获得

前所未有的宁静。

# 97

此刻和上一刻，

那时和这一时。

我们都抓不住，

此世和上一世。

那年和这一年，

我们都留不下。

## 98

寻找你，

我走过童年的冬天。

有些人在有些地方浅唱低吟，

有些树在有些地方近五千年，

天上飘来几片云朵，

那是天空对大地的告白。

## 99

世界越来越花哨，

人类越来越空虚。

# 100

有些景，

错过了，就是一年，

有些人，

错过了，就是一生。

有些心心念念，

想到了，

就要马不停蹄，

有些念念不忘，

遇见了，

就要化作永恒。

# 101

一棵树，

两匹马。

一片云，

两间房。

我想的，

你不想，

我见的，

你见过。

## 102

如果我能遇见你，

我希望在我的木房里，

阳光温柔，

落在你的指尖，

茶香绕梁，

你打开《本草恋歌》的

书稿慢慢翻阅。

## 103

一件事情的结束

是另一件事情的开始，

一段旅程的开启

是对另一段旅程的告别。

我们给予世界越多，

世界越对我们敞开胸怀，

我们向世界索取越多，

世界越对我们关闭大门。

在有限的生命里做无限的事，

在有限的空间里发现广阔无垠。

这是我们活着的意义，

也是幸福的源泉。

慈悲为怀，前行不止，

没有抱怨，只有感恩。

助人为乐，不求回报，

没有艰辛，只有欢喜。

## 105

世界太忙了，

停下来歇一歇。

你太累了，

到我的小屋来发一会呆。

总有一个角落会让你会心一笑。

总有一句话会温暖你的冬天。

## 104

让你的脚步慢下来，

再慢下来，

你要知道，

世界没有你，

太阳照常升起，

世界运转如常。

让你的心静下来，

再静下来，

不要妄想他人有多关注关心你，

你要明白，除了在乎你的人，

每个人都忙于自己。

## 106

一画一叶一滴水，

一山一寨一个人。

一直在路上，

所见皆偶遇。

## 107

一直在等你，

所绘是人生。

## 108

当生活恢复正常，

你说你要和我去芬兰，

去看那心心念念的北极光。

这是一个时辰

对一个时辰的约定，

亦是一个人对

一个人的诺言。

我坚信过完这个冬天，

下一个冬天，

我们就可以出发。

就像夜晚走到尽头，

我们迎来太阳初升一样。

## 109

一辈子太短，多做些有意义的事。

如果余生可以，

我想开很多很多的书店，

在城市，在村落，在他乡，

在故地。

它们不以营利为目的，

只为帮助人们成长

和给予心灵慰藉。

我坚信

书籍能抵达的地方，

人们的内心会变得丰盈而有趣。

## 110

人生一世，
值得你为之付出的，
不过是沁人心脾的山水
和让人沉醉的深情。

## 111

说好的，冬天见。
我没有失约。
一生有很多美好的时光，
今天值得记忆。
愿我们都好好的，
给人间带来更多的温暖，
愿世界都好好的，
走过的都是美好。

## 113

无论世界如何风云变幻，

你要竭力成为一个靠谱的人 。

无论他人如何对你，

你要保持平和，

让怨气远离 。

你要坚信，

只要你坦诚对人，

温柔一世，

冰冷的世界终会温暖如春 。

## 112

有些事说结束就结束了，

如雷如电，

有些人说不见就不见了，

如云如雾 。

世界本是空无，

人生就是梦幻 。

不纠结，不纠缠，看破它，

放下它，朝前走，

迎接太阳初升 。

## 114

喜欢一个人，

或许是因为一本书，

恋上一座城，

可能是因为一家书店。

## 115

前些年喜欢稠的粥，

现在只想喝淡淡的米汤。

感官上的刺激

很难再引起自己的兴趣，

对物质的追求愈来愈淡，

崇尚自然之美，

向往相似灵魂的深度交往。

尊重自己的内心，

想做一些有益于大众的事，

与名利无关。

喜欢去清静的地方，

喜欢原味的食物，

排斥油腻花哨的东西，

想远离浮华喧嚣，归隐田园，

像一个园丁一样活着，

看花开花落，生命轮回。

## 117

择个吉日来看你，

或黄昏或清晨 。

听你讲述你的故事，

在山下在湖畔 。

人家袅袅炊烟，

茶香浓浓淡淡 。

## 116

我和你一样，

只想做一朵白云，

每天无所事事无忧无虑，

放荡不羁浪迹蓝天 。

## 118

这是一个特别容易

让人感伤的季节，

尽量少看飘落的树叶，

尽量少看干涸的河流，

尽量避开你的世界。

燃一炉火，煮一瓯茶，

慢看茶汤翻滚，

让自己沉浸其中，

再沉浸其中，

心静人安。

## 119

时光匆匆，

多见些有趣的人，

多做些有意义的事，

忘记自己，

世界就大了，

忘掉世界，

人生就长了。

## 120

我处于欢喜中，

不是因为我拥有我喜欢的

东西，

而是因为我学会热爱苦难

人间。

## 121

不要奢望心灵受过重创的人，

能被治愈，

伤口一直都在，

会伴随他度过一生。

一句话，一个梦，一杯酒，

一个场景，一个眼神，

都有可能会让他陷入

万劫不复的深渊。

深夜回家望而却步，

站在门口，

却对家人张不开嘴，

任时光走啊走啊，

痛不欲生。

夜半突然惊醒，

心有千言，

却对枕边人无法启齿，

任眼泪流啊流，

伤心欲绝。

## 122

没有经历过死亡的人，

哪里能知道笑容的弥足珍贵。

没有经历过苦难的人，

哪里会明白平淡生活的

美好幸福。

## 123

人间都是悲剧，

你我终究两手空空。

当有一天白发苍苍，

走过那窗前，

眼角划过一丝微笑，

眼泪轻轻滑落。

还是那条街，

已不是那个人间。

## 124

我会跨越山山水水来看你，

或在晴天或在雨季，

或在白日或在黄昏，

如果世界是自由的，

即使步行千万里。

## 125

那个心如钢铁的人啊，

终究沉默不语，

那个冰冷如雪的天啊，

终究一言不发。

我们走过热热闹闹，

迎来冷冷清清。

我们走过亲密无间，

迎来落寞孤独。

## 126

我以为我们可以

走很远很远的路，

我以为我们可以

聊很久很久的人生，

时间在我们之间

却只有短暂的停留。

我想你时，

你也想我，

只是我们不再是我们。

你做你不想成为的自己，

我成为我不想成为的人。

我们近在咫尺。

却又远隔千山，

心有千万，

却是沉默。

## 127

生活并非一帆风顺，

如果屡战屡败，

那是让你从头再来。

人生不会一直如意，

如果事与愿违，

那是另有安排。

没什么大不了，一觉醒来，

太阳照常升起，

一呼一吸，依然如昨。

只要还活着，从未放弃，

你永远都有机会，

不在此刻，会在未来某天，

不在此地，会在他乡某个地方。

## 128

有些事一捅就破，

破了就不好了。

有些人一想就哭，

哭了就不好了。

如果有来生，

宁愿是一棵树，

在你经过的地方，

为你遮风避雨。

宁愿是一间屋，

在你留宿之地，

让你睡个好觉。

你不晓得我是谁，

我晓得你是哪位。

## 129

世界病了，

没有一个人是健康的，

世界疯了，

没有一天日子是正常的。

我们都是病人，

每天都在绝望的日子里痛不欲生。

## 130

如果还能再见到你，

我将忍住眼泪，

以微笑，

以歌声回答一切。

人总要坚强些，

面对没有尊严的交集，

面对撕裂破碎的世界。

## 131

月亮不想见我时，

悄悄躲进云层，

你不想理我时，

你藏在我不晓得的地方。

我想月亮时，

我仰望星空，

我想你时，

我无处张望。

## 132

我不属于这个世界，

却又要在这个世界上来来回回，

竭尽全力，饱经风霜。

## 133

生命本身毫无意义，

若有，

那不过是战胜内心的恐惧，

坚持做自己，

学会爱自己，

并把爱传递给更多的人，

学会贡献自己，

用生命之光照亮更多的生命。

## 134

一个人走进一个人的心间，

只需要一瞬间，

一个人要走出一个人的心间，

需要无数年。

世间再无《本草恋歌》，

人生只有

"蓄谋已久的告别"。

## 135

我没有太多的欲望，

也没有什么追求，

只想在一个流水潺潺的村寨，

有一个安静的院落。

屋里堆满我喜欢的书，

院子里种有我喜欢的花草蔬果。

没有太多的朋友，

没有恼人的杂事。

每天看书写字，养花种菜。

一周留一个上午接待访客，

倾听他们的故事。

## 136

一只鸟儿划过天空，

一头母牛从远处走来。

山羊站在地上，

遥望远处的群山，

不知哪一座属于它。

我从村庄飘过，

似深秋的一缕清风。

我看见山羊的眼里饱含泪水，

如同飘荡无依的我，

走过千山万水，

只有满身疲惫

和一眼望不到尽头的忧伤。

## 137

我的时间一直在那停留，

那是我真正活过的时光。

# 138

当白雪覆盖，

世界就不花哨了。

当世界单纯，

人就空灵了。

# 139

没能与你到北京香山赏红叶，

突然想到吉林通化看雾凇，

希望玉树琼花能涤荡我的灵魂，

忘却心中的无穷无尽。

## 140

有些路，

一步就到终点，

有些人，

一面就是一生，

有些故事

才刚开启就是结束。

我们所拥有的

不过是此时此刻。

蓦然回首，

已是不堪，

看见未来，

都是虚妄。

与之作别，

我将开启全新的生活，

奔赴新的旅程，

迎接太阳初升。

## 141

活到一定岁数，

心似乎比过去更透明些。

最近，看见生肉，会反胃，

看到虫子，

会忍不住给它让路。

坏了的水果，

以前会装垃圾袋丢掉，

现在会放到花竹下，

给虫吃，给鸟啄。

江山是主，人是客，

惜一点算一点，

能做一点算一点。

## 142

世界无我，

无边无际，

无穷无尽头。

我有世界，

慈悲喜舍，

利他利众生。

心海辽阔无垠，

世界美好如诗。

## 143

做一个旅行者，

历尽沧桑，

繁花落兮，不知归途。

偶遇一所房子，

远离尘嚣，琴箫和鸣，

可以做梦，可以为家。

# 144

愈来愈喜欢素食，

喜欢它们清爽的颜色，

喜欢它们清淡的味道，

喜欢面包下的那片树叶，

喜欢香芋中的那一点清白。

喜欢一个人

在一个不起眼的地方，

慢看纷繁复杂的人间。

# 145

我很少在家停留。

天马行空，四处游荡。

你寄来照片，我也不会收到。

我们是有缘人，还会再见的。

## 146

说想你的人

不一定是真的想你，

可能是酒喝多了，

一派胡言，

当不得真。

对你讲"山有木兮木有枝，

心悦君兮君不知"的人，

也不过是信口胡诌，

不要往心里去。

真对你好的人，

会用行动关心你，

而不是在某个深夜，

酒后吐"真言"，

随后无影踪。

## 147

我们总有干不完的活儿，

谁也不知道，

究竟是哪个活儿

会要了我们的命。

我们总有说不完的话，

谁也不清楚，

究竟是哪段话会

改变我们的命运。

# 148

不想写作，

不想见人，

不想吃东西，

不想读书，

不想运动，

不想接电话，

不想听人聊天，

不想看月亮，

不想往事，

不想未来。

只想一个人待在此时此刻，

到心仪的地方清静一会儿，

就一会儿，

慢慢地喝一杯百香果红茶，

静静地看一幅泛黄的画。

# 149

秋天就这样走到了尽头，

仿佛你我之间。

## 150

赋予这茶和这米

一个好听的名字，

愿它们有一个好的前程，

只为阳光洒落田野，

我能看见农人的那一丝微笑 。

## 151

天地之外还有更辽阔的天地，

你之外还有更无限可能的你。

## 152

我并不擅长编故事,
我的故事多是经由与
世界的邂逅诞生的 。
你可以说它是真实的,
但最好不要对号入座 。

## 153

世间没有老人,
只有多年前的你和多年后的你 。
人生就是一次又一次的断舍离,
我们只有学会告别,
才能迎来新生 。

## 154

我来见你，见山见水，

见雾见树，

油菜花开，杨柳依依。

我来找你，千思万想，

纸短情长，

一村一寨，桃李芬芳。

其实，我从未见过你，

我写的信没有地址，

放在山上的一个树洞中。

我找的是一个不存在的人，

我走的是一条

没有人走过的路。

我上午写信，下午放牛，

晚上数数星辰。

## 155

人类群星闪耀的时刻，

也就那几个瞬间，

人生最好的时光，

也不过那些闲暇。

## 156

谁不是向死而生，

谁不是带病延年。

你心有大爱，

无论发生什么，

都不会一败涂地。

你心怀使命，

无论世界如何变幻，

都不会影响你山海辽阔。

人生只有一次，

惜命惜时，惜福惜缘。

## 157

每个人都活在自己的认知里，

有的人是 1+1 = 2，

有的人是 1+1 = 3，

有的人是 1+1 = 9。

做自己就好，

无需和任何人争辩，

也无需向任何人解释。

遇到同频的多聊两句，

遇到不同频的，一笑了之。

生命短暂，

时间都不够做好自己喜欢的事，

哪来空闲去纠缠。

## 158

如果我已经完成了
上天赐予我的使命，
我为何还要在人世晃荡呢？
我该向人们挥手告别，
变成另外一种物质
存在于另外的地方，
并在那个地方
去完成新的使命。
我们的存在，
不过是从一种转换到
另一种转换，
从一个空间到另外一个空间。
人间一场，
若有什么值得记忆，
那不过是我曾有过一段时光，
做过自己喜欢的事，
有一个人做伴，
心中欢喜。

## 159

一个没有再回头，
一个没有再回来，
熙熙攘攘的人间依旧熙熙攘攘，
再没有关于他们的传奇。
一切停留在那年秋天，
银杏泛黄的季节，
时光虚度，
诗歌如秋叶洒落，
流水无情，
所有的美好消失无影。

## 160

没有解释，

没有回应，

没有为什么，

一切都不了了之。

突然出现，

突然感动，

突然深情，

突然了无影踪，

这不是一个人，

是一味中药，

非比寻常，

清雅脱俗，

亦莫名其妙，

如幻似影。

是良草，

助人开启新的旅程，

亦毒力无穷，

让人心力交瘁。

## 161

一个晚上好像都在做梦。

梦见鱼，好大好大的鱼，

从小的水域跳到大的水域。

梦见奔跑，

跑过春耕忙碌的田野，

跑过山坡，跑上高高的悬崖，

进退维谷，无比绝望。

从梦里醒来，

感觉好累好累，

四肢无力，胸闷气短，昏昏沉沉。

人生如寄，一梦如醉。

## 162

生活使人发笑，

你何尝又不是，

时而像个孩子喜怒无常，

时而像团云雾，

来无影去无踪，

让人无所适从。

## 163

一切由心，见非所见，

一切由你，我非是我。

不是湖水有多清澈透明，

是心存善念，

所见皆是美好，

所遇都有欢喜。

# 164

这是一朵云和一朵云的心事，

这是一个人对一个人的

窃窃私语 。

大地上有的秘密，

天空中也有，

美好的瞬间常常无声无息 。

# 165

" 我想每天的生活都有你在 。"

我的耳畔回荡你说过的话，

我的眼前再见不到你的身影。

## 166

好像什么也没有做，

一个月就快走到尽头。

愿我们都有一个美好的未来，

在那个古歌飘荡的地方，

有一间心仪已久的木房，

那里流水潺潺，

人心纯朴，小径通幽，

鲜花绽放。

## 167

世界本是空，

人间无一字。

## 168

每到一个地方，

另一个地方隐约在不远的地方。

往前走，再往前走，

地老天荒。

每见一次你，

另一个你会出现在梦中，

往前走，再往前走，

无穷无尽。

## 169

人间一趟，

都是茶事；

世间一遭，

皆是酒局。

## 170

很多年以后，

往事涌上心头，

我会吟唱今天的歌谣，

祝福人间地久天长 。

## 171

天色渐亮，

开门见美好 。

心中有你，

所遇是欢喜 。

## 172

好想无所事事地过完一天，
像你一样把森林里的蚂蚁
数了一遍又一遍。
好想悠然自得地过完一天，
像你一样不用去想人间
那些烦心事。
把一朵云放进水中，
慢慢看它游进蓝色的海。
把一缕阳光抱在怀里，
直到百鸟归巢，
晚霞染红天际。

## 173

一切都会过去，
不好的一切，
就像夜晚渐行渐远，
我们将迎来太阳初升。

## 174

人间一场，

我们是何等的脆弱。

随便的一件事，

就可以将我们一生耗尽，

随便一个人，

就可能改变我们一生。

有人选择坚强，

化险为夷，重获新生，

有人无法面对，

走进苦海，无法自拔。

## 175

虫鸟的叫声此起彼伏，

光影交错的

湖畔让人流连忘返。

在大自然里行走，

我起伏不定的内心渐渐平静。

## 176

我没什么远大的梦想，

只想每天能在

宁静安然中度过。

不想见的人可以不见，

不想接的电话可以不接，

慢慢悠悠冲泡茶，

和绿植说说话，

看蚂蚁翻山越岭搬家。

## 177

我希望有一栋房子，

装下整个秋天。

我希望有一个你，

走过时光柔软。

## 178

你在高高的山岗，

我在幽深的山谷。

今夜没有星辰，

我在等你的故事来煮茶。

## 179

我愿你的一生在闲暇中度过，

而不是被各种琐事所拖累，

我愿你与所爱终成眷属，

而不是爱而不得。

# 180

捧起的不仅是水，

还有逝去的时光。

遇见的不只是你，

还有人生的过往。

# 181

我留恋世间的一切

尤其白云蓝天

和你的挂念

## 182

爱上一个人是一瞬间的事，

你爱的人，

不一定有那么好。

很多好是因为你对他

突然产生好感，

他符合你对美好爱情的

所有期待。

然后你头脑发昏，

把所有认为的好都赋予他。

其实他本身也许很渣。

## 183

每个人都在抱怨自己的人生，

不是这里不顺，

就是那里让人厌恶。

每个人都在与命运抗争，

虽有千般不顺，

万般厌恶，

为了活着，

都在竭尽全力。

# 184

活着只为活着而活着，

没有其他目的。

不要向外界索取太多，

需要的越少越好。

有一个上午

静静地看过花开，

有一个夜晚

默默地数过星星。

有一段时光

沉浸在回忆里，

脸庞划过微笑，

甘之如饴。

有一个时辰

与自己的内心畅谈，

欢愉悄然降临，

身体与自然相融。

如果有过这些，

你已足够幸福。

# 185

所见是内心的呈现，

心存爱意，

遇见的都是美好。

心存感恩，

日日皆是好日。

## 186

为你寻得千朵云，

愿有一朵你喜欢。

## 187

时间是检验情谊的唯一标准。

在乎你的人，

没有时间挤出时间，

敷衍你的人，

有时间说忙得没有一点儿空闲。

## 188

大自然是我创作的灵感之源。

它让我看到了生命的无常

与无限可能，

让我学会包容，

学会不断觉悟。

它让我意识到万物皆老师，

四海之内皆兄弟。

让我明白善待万物的

崇高之心，

是让自己获得愉悦

与自在的秘密。

## 189

人生没有意义。

若有，

不过是不为名利，

努力做过一两件利益众生的事。

# 190

我向你道声节日吉祥，

爱是天上的一朵云，

你是一望无垠的天空。


盼今生有时，

和你走过集美湖 **❶**。

愿来生有缘，

与你共度月光环 **❷**。

每天能在看到星星的地方，

等待第一缕阳光越过海岸，

每晚能在涛声响起的时候，

你在身边。

**❶** 集美湖是厦门面积最大的湖泊，又称杏林水库，湖泊面积达4平方公里。湖的一侧还有一条20多公里的自行车道，环湖而行，惬意盎然。湖水环绕的主要区域是园博苑，国家4A级景区，世界上绝无仅有的水上大观园。

**❷** 月光环位于厦门集美湖，其设计理念来源于月的阴晴圆缺，展现"海上生明月"的动人景观。

# 191

人在孤独中比在人群中更智慧。

人聚在一起，

更多的不过是为了打发无聊，

这世上又还有什么比

聚在一起更无聊的呢。

## 192

我以为我了解你，
其实我对你一无所知。
我以为我远离了你，
其实你一直在我心间。
我打算远走高飞，
与过去的一切作别。
但我无法放下你，
我只能在
你喜欢的厦门等你。
无论白云苍狗，
无论你来与不来。

## 193

我想用我的生命唤醒你，
像百鸟鸣啭唤醒清晨，
像海风摇动海浪一起前行，
我希望你能摆脱现在，
走出困境，
忧郁的灵魂获得新生。

## 194

远山有雪，

一城枯枝。

当你回，当你不回，

当你止步不前，

当你远走高飞。

生命中，

有人来过，

有人走了。

有人在你喜欢的地方等你，

有人把你抛在冷风中。

## 195

表面看起来正常的人，

其实已经不正常，

随时可能崩溃。

表面看起来简单的事，

其实已经不简单，

千丝万缕的复杂，

让人打破脑袋也理不出一个头绪。

人间一场，都是千般不易，

世上一遭，都是百孔千疮。

## 197

喜欢深秋的荒凉，

盛夏的灿烂。

喜欢曾厝垵的炉火，

喜欢莲花 ❶ 茶坡的宁静，

喜欢在白城沙滩听海的声音。

喜欢海蛎煎，

喜欢山茶面，

喜欢姜母鸭，

喜欢土笋冻，

喜欢你喜欢的一切，

并在你喜欢的地方安家。

---

❶ 莲花指厦门同安区莲花镇。莲花镇军营村平均海拔900多米，是厦门海拔最高的行政村，常年云雾缭绕，是闽南地区久负盛名的茶叶产地，有黄金桂、本山、毛蟹、铁观音、奇兰、大叶乌龙等闽南茶种。

## 196

我无法想象我们

重逢的情形，

有可能我们这一生

都不可能再相见。

有些事捅破了都是尴尬，

有些人爱过了都是伤痕。

人生一场，遗憾堆叠，

世间一趟，多是忧伤。

但，

无论如何我都要感激你，

因为你让我的余生，

有一份美好可以回忆，

有一份温暖一直继续。

## 199

一片海隐没远方，

一朵云越过山顶，

一个人走过乡村。

几个孩子在过他们的童年，

几个大人在忙他们的秋天。

黄昏在等炊烟升起，

我在等风睁开眼睛。

## 198

我想为你做一个标本，

用秋天的银杏叶。

因为他们说，

银杏叶里藏着秋天最美的

祝福。

我想邀你去一个地方，

那是梦境之地，

因为他们说，

到过那里的人，

会满心欢喜，

一生幸福。

## 200

有些伤口一直都在，

一辈子都不会愈合，

轻轻触碰，

血会流出来。

有些痛会成为永远，

岁岁年年都在撕裂。

睹物思人，

心如刀割。


能与人诉说的伤都不是伤，

能与人讲述的痛都不是痛。


那些压着的心事，

一直压着，

一日日一夜夜，

没日没夜。

## 201

到远方走走，慢慢地，

你会明白你的所见并不那么坏，

亦没有那么好，

一切都是虚妄，不值挂牵。

到高处看看，静静地，

你会发现，自己并没有多能干，

没有什么了不起，

一切皆是幻象，执着不得。

世界再大，皆是空无。

你我再好，不过此刻。

## 202

你给我的伤口在流血，

一滴一滴，

染红冬天的白雪。


这是最难的冬天，

我们活生生地把一件美

好的事情，

摧毁在地，

又活生生地把自己的

余生交给世俗。

## 203

如果有一天你白发苍苍，

回首往事，突然想起有一个人

曾为你写过《本草恋歌》。

愿你在那一刻热泪盈眶，

满怀幸福。

如果有一天你翻阅起

《本草恋歌》，

写它的人已不在人世，

你一定要读上一段。

在鼓浪屿，在金光湖❶，

让海鸥听见，让云朵听见，

让刺桫椤听见，

让灵芝草听见，

让观音坐莲听见，

让出海的帆船听见。

因为是它们让他坚信：

爱能穿越一切，传递永远。

❶ 金光湖距厦门市区60公里，位于厦门市同安区莲花镇内田村，被誉为"闽南的西双版纳"，林海茫茫，野生动植物品种繁多。

## 204

人生无常，

急急匆匆。

有一个人曾让自己动心，

并愿意为之竭尽全力。

有一件事曾让自己无悔，

并乐意为之奋斗一生。

不枉此行，

人间值得。

## 205

人生是空，是静，是无，

是一场与喧嚣的盛大告别，

世界沧海桑田，

你我百年孤独。

## 206

每一年都是全新的，

过去的只属于过去，

你需要摆脱

你已经拥有的一切，

并重新出发。

## 207

因为孤独，所以自由。

因为孤独无穷无尽，

所以自由无边无际。

## 208

这世间值得我们在乎的事，

微乎其微，

这人间值得我们交往的人，

少之又少。

不眷念往昔，

不妄想未来，

我们唯有此时此刻，

心神宁静，欢喜迎新。

## 209

花香蝶自来，

也会引来蜜蜂和马蜂。

花没有挑三拣四，

来者是客，

接纳、包容、奉献。

做人何尝不是如此，

因为有了无边心，

世界才会越来越开阔，

因为拥有慈悲心，

拥有才会越来越多。

## 210

我终其一生都在梦游，
因为我从来没有做过自己，
并过上自己想要的生活。

## 211

包容万物的大自然能启迪我们，
是让我们走出迷茫的灵丹妙药。

## 212

万物生机勃勃，

山水宁静安然，

与蚂蚁对话，

和大树聊天，

与那些一言不发的

生物一起冥想，

让自己沉浸在大自然中，

会给我们的

心灵带来巨大变化，

会让我们由此获得新生。

## 213

想写一些关于勇敢的文字，

落笔却是时间的无情流逝。

## 214

我想送你整个秋天，

有一山红叶，

是你喜欢。

我想送你整个白日，

有一片云朵，

写满爱恋。

## 215

蔚蓝的天空没有云朵，

梵天禅寺 ❶ 钟声不绝，

我想成为一个没有往事的人，

简简单单走过人间。

❶ 梵天禅寺是福建最早建造的寺庙之一，位于厦门市同安区大轮山南麓，与福州鼓山涌泉寺、蒲田广化寺、泉州开元寺、漳州南山寺连为福建沿海一线的名寺。在厦门与南普陀寺同为闽南著名的佛寺。

## 216

生命随秋风逝去，

流水生生不息。

## 217

你会在某个夜晚等待某人的回信，

你会在某个清晨等待某人的问候。

在这个多情的人间，

我们每天都在祈盼。

## 218

我向你道声早安，
爱是早晨的第一缕阳光，
你在帐篷里等它洒落。

## 219

流星划过夜空，
你的歌声久久回荡海岸，
我深爱我们一起度过的时光，
胜过世间所有的一切。

## 220

田间地头，

花花草草都是宝贝，

荒郊野外，

高高矮矮，

多是中药。

人生处处是课堂，

乡间无处不风景，

遇见有你，

欢喜成全。

## 221

我想到土地上走一走，

看看蚂蚁搭的桥，

看看鸟筑的巢，

想和野花野草打个招呼，

向耕作的人们问声好。

我喜欢乡村的一切，

一口古井，

或一缕清风，

我喜欢你喜欢的世界，

风平浪静，

世界安宁。

岁月静好，

人间安康。

## 222

这里远离喧嚣，

除了流水潺潺，

空气清新，

我一无所有。

我热爱我现在的生活，

无欲无求，

每天都崭新如初，

天蓝云白，

太阳越过海岸线。

## 223

人生就是从一个

找寻到另一个找寻，

从一个等待到另一个等待，

所谓的心想事成，

不过是你有足够的

耐心和毅力爬到山顶，

不过是你不随波逐流

坚定不移走到理想的尽头。

# 224

这是一天最美的时辰，

阳光清透，

树影婆娑。

一个人，一条船，

一竿竹，一匹马，

如画如诗。

遇见美的风景想起你，

我抓拍这一切，

只为与你分享，

让你看见。

我喜欢自然的声音，

虫鸟吟唱，

白马嘶鸣。

我想你应该也喜欢，

因为你曾和我说起

你有一个梦想：

在原始古朴的海边小镇，

有一处自己的院落，

品茗发呆，

每天过着乘风破浪

鸟语花香的生活。

## 225

似水流年，

我一个人，

与青山，与日月，

与大海，与星辰 。

异乡人，

我送你美好祝福，

愿你春风得意，

愿你一马平川，

愿你前程似锦，

愿你平安吉祥 。

第三章

# 大红袍

你来自中国著名的侨乡——福清。这块土地上生长的人，有着强大的冒险精神，因此在地球上任何一个国家都有可能遇见福清人，用当地人的话来说，只要有阳光的地方就有福清人。福清人的生存能力极强，不懂语言，没有技术，只要能抵达异地，他们就能够生活得像鲜花一样灿烂。这里每年都有人采用各种各样的方式出海，他们不是去捕鱼，而是离开故土，到世界任何一个国家。他们偷渡的方式花样繁多，最多的是搭上货船，钻进货箱，化成货物通关，抵达彼岸。这种方式成功的次数最多，失败的次数也不少，成功者到异国他乡不久，会给家里寄来大把大把的钞票，失败者有的还未抵达目的地，就因货箱不通风而死在浩瀚无边的大海上。任何一次死亡的噩耗都不会让这里的人望而却步，再穷凶极恶的国外生活都无法阻挡人们不畏生死的异国之旅。一群人刚在货船上死去，又一群人已踏上了新的征途。你的父亲正是在你6岁那年，一个星光璀璨的夜晚，登上了前往美洲的货船。为了不让你妈妈和你担心，他对你们说，他是去马来西亚考察，要不了多久就会回来。但他的心里却装下了要出国务工发家致富的梦想，不给你们寄回美元决不罢休。

没有人知道这艘装着不知名货物的船，最终究竟开向何处，从出海后，历经数月，就没有人再收到有关它的任何信息。你的妈妈肝肠寸断，望断天涯，坐在海边，从日出到日落，从春天到冬天，从凌晨到深夜，既没有看到船的身影，也没有得到你父亲的口信。她茶饭不思，要不是你哭得昏倒在她的面前，她可能永远都不会回到北池，回到她和你父亲建立的家。

北池是福清市郊不可多得的美丽村庄，百年古榕，生机勃勃，一片竹林，美不胜收。最让人羡慕不已的是，在离百年古榕树不足500米的地方，隐藏着一个秀美的湖泊。湖泊水质干净，芦苇成行，远处群山绵延，大海如歌。

你的妈妈当年不顾父母的反对，千里迢迢地从吉林远嫁到北池，可能有一半原因是被好山好水吸引。她喜欢北池闹中取静的氛围，喜欢这里的榕树、竹子，还有那些长在小湖边的芦苇。或许是看过北国的大气磅礴，南方的小山小水，与北国不一样的沧桑古老，喧嚣中留存的宁静，慌乱中隐藏的安好，气候的温润宜人，让她从心里油然升起一种迷恋，对这片土地一草一木、一花一屋的迷恋。

　　婚后，他们相亲相爱。他对她体贴入微，从不让她干重活。他们种田种地，也做过小生意。他打短工，她就在家里带孩子；他到厦门卖海鲜，她就负责收钱。但因为她实在太爱北池了，他多次放弃了在外地安家立业的机会，最后和她回到北池做蔬果生意。

　　看到太多的男人从海外寄回大把钞票，太多之前比自己条件差的人家盖上了气派洋楼，你的父亲决定出去闯一次。谁又知道，这一出去就再无音信。十多年来，你的妈妈用一个北方女人的坚强撑起了这个家，她把蔬果生意从北池做到了福清市区，让你生活在经济宽裕的环境之中。

　　你在学校虽然不是成绩拔尖的学生，但也从未让你妈妈操心，顺利考上了心仪的大学。不过，自从你从贵州冒险旅行回来后，你就变成了另外一个人。目光呆滞，反应迟钝，沉默寡言，不愿意回学校。妈妈用一个女人最彻底的观察能力观察你，她要找到你的"病"根。她竭力回想自己当年的恋爱经历，凭借自己的精心总结，她已经猜到她的宝贝失恋了。

当她无法从你的嘴里找到任何有关对方的任何信息时，就决定全天候跟踪你。她放下生意，打扮成学校的义工，在学校里神出鬼没，费尽心力，闹得笑话不断，却依然没有发现你的对象的蛛丝马迹。她最后只好把你骗进医院的精神科，希望医生能找出根源。你不好告诉妈妈事情的真相，为了给妈妈以安慰，完全配合妈妈所谓的"治疗"，医生为了谋生，不得不开了若干无关痛痒的药物让你天天服用。妈妈的做法除了加重你的痛苦而没有任何益处，眼看你饭量越来越少，身体越来越瘦。她在几个村民的说服下，决定带你到石竹山祈梦。

# 2

石竹山位于福清市西郊 10 公里处，以石奇竹秀、道教名山、祈梦圣地而驰名。明代的《徐霞客游记》中说："岩石最胜，亦为九仙祈梦所。"由于历史上不少名人都说石竹山神仙赐梦灵验，所以自明代以来，很多善男信女都慕名来到石竹山祈求神仙赐梦。

传说一年清明节，明代万历、天启两朝首辅叶向高在早年间曾到石竹山祈梦抽签，"富贵无心想，功名两不成"的签语令他大为不快。后来他请老和尚解签。老和尚告诉他这是好签，并解释说："富贵无心想，'想'字去了'心'不是'相'字吗？功名两不成，'戊戌'两字都不像'成'，这不是预示公子将在戊戌之年官居相位吗？"经老和尚一点拨，叶向高受到极大鼓舞，刻苦求学，最终官居首辅。叶向高功成名就后重游石竹山时，在牛蹄洞题写了一首意味深长的诗句：

嶙峋石竹插青霄，病起欢从胜友招。
萝径曲穿云外洞，松门斜接洞边桥。
苍崖月冷仙坛静，碧海天空鹤驭遥。
一自名山传梦后，而今玉带愧横腰。

一直以来，你的妈妈对传言深恶痛绝，对名山古迹的神奇传说也从不相信，走投无路之时，在村民的极力推荐下，她抱着"死马当活马医"的心态，前往祈梦。到了石竹山，她在山上睡了三天三夜，前两晚一个梦也没有，到了第三个晚上，她梦见一株茶树，茶树上披了一件大红袍。她请道士释梦，道士闭上眼睛，慢悠悠地对她说道：

"你为女儿治病，到石竹山祈梦，梦见了大红袍。大红袍暗示着什么？暗示的是武夷山。为什么说大红袍暗示武夷山？明朝洪武十八年，有一书生上京参加科考，路过武夷山时突然得病，腹痛难受，他喝了好心和尚的武夷山岩茶水后，腹痛消失。书生高中状元，身穿大红袍回武夷山感谢和尚。当他从和尚那里了解到茶叶出处后，来到茶山绕茶树三圈，并将身上的红袍披在茶树上，武夷山岩茶从此得名大红袍。综上所述，要治好你女儿的病，你就得带她去武夷山。你只要尽快带她去武夷山，她的病就会好起来。"

"武夷山这么大，我该带她去哪个具体的地方？"

"一切皆由上天注定，你只管这几日带她前往即可，没有具体地点。只要是在武夷山范围内，你的愿望即可实现。"

她半信半疑，次日上午，就到学校给你请假，带你乘车前往武夷山。

# 3

抵达武夷山，大雨滂沱。

你的妈妈做好了打持久战的准备，在山下一户茶农家住了下来。次日上午，雨没有停歇，雨滴大而有力，打得屋瓦噼啪作响。你妈妈要带你上山，茶农说，雨大上山危险，等雨停再去不迟。妈妈只得听他的，也就不打算出门，坐在屋子里与主人拉家常。

你对妈妈说，在屋子里坐着闷得慌，想一个人出去走走。妈妈看到窗外这雨很大，想必你走不远，就答应让你独自出门。

你换上雨鞋，撑开雨伞，在雨中漫步。你不知道何处是终点，只是由着自己的心性，不停地朝前走。当你不经意间看到"武夷山南门"就在自己眼前时，你走了进去。

你购了门票，进入景区。这一日，雨太大，游客少之又少，你像中了魔似的，一个人独自进了山，沿着到天游峰的路前行。

一路上，好山好水都被雾雨笼罩，九曲溪上虚无缥缈。

书院与道观并存，奇山与秀水相依，武夷山真不愧是世界文化与自然双重遗产，植被完好，文化遗址丰富。你一路前行，一路停留，一路欣赏，一路寻思。大雨渐渐变成了小雨，一人在小雨中独行，别有一番情趣，原本苦闷的心情也渐渐有了好转。

你一鼓作气，朝天游峰攀登。来到半山腰上，雨停了，只见浓雾就像春天的花朵，渐渐舒展开来，之前被雨雾包裹的山脉也露出了真容。你抑制不住内心的兴奋，狂吼了两声。声音在山谷里回荡，很快又被宁静吞噬，你感到身心愉悦。你甚至以为，如果在这样的环境里待上几天，你应该会走出思念长顺如意不能自拔的阴影。只是这样的感觉在你登到山顶，并从山顶走下山，迷失在原始森林之中后，全部烟消云散了。

你从山顶沿着下山路前行，很快在一条小路上迷失方向。小路上爬满青苔，没有人新近走过的痕迹，有些路面甚至已被藤蔓覆盖。听见水声从脚底下传来，却看不见流水所在，偶尔有一只小松鼠从树林里蹿出来，也如同幻影一般很快消失。你突然想起和长顺如意穿越十二背后的感觉，脊背发凉，好像自己已经进入了一个未知的恐怖世界，随时可能有异物把自己吞噬。你竭力使自己安静下来，但从心里爬出来的恐惧仍挥之不去。你的脚甚至开始发抖，举步维艰。这个时候，有一只白色的鸟从眼前飘过，并落在地上觅食，你才恍然觉得，这里还是人间，自己只要不再害怕，就能走出这片森林。

继续前行，看到洞穴，水从洞穴流出，并往山下流去。你想顺着流水走，一定能抵达河岸，在河岸应该会看到人影，能找到出去的道路。你就这样顺着流水前行。可是前面的路已经被流水淹没，根本跨不过去，你不得不又往回走。这个时候，一股清香传入你的鼻腔，这种香气不同于森林里的草木花香，不同于你之前闻到的任何一种味道，包括在十二背后闻到的那种香气。这股香气像是桂花，又不是桂花，淡雅、浑厚，好像来自千里之外，又好似近在咫尺，时有时无，时无时有。你完全被它吸引，身不由己，不顾一切，去感受，去追寻。

周遭藤蔓繁杂，阻挡在前面的大石头，你已经顾不得。你就像突然被赋予了神功，身形矫健，在这片森林里行走如风。可是，突然之间，香气消失殆尽，你就像失去了方向的野马，站在原地不知所措，直到那香气曼妙而至，你才又欣然前行。一路上石头寂寞，青苔密布，石桥残破，岌岌可危。你如履薄冰，小心翼翼，不回头，不斜视，奋勇前行。

跟随着时有时无的清香，你走出森林。穿过一个山洞，立有一道山门，洞门顶端有"桃源洞"三个大字，门上有一副对联：喜无樵子复观弈，怕有渔郎来问津。出洞门，眼前豁然开朗，环形的山谷之中，浓雾轻舞，诗意浓郁。溪流如歌，桃林如诗如画，道观若隐若现，堪称仙境。

走出桃源洞门，只见大殿不远处有一栋厢房，厢房旁是一竹林，竹林旁是一块菜地，种有小白菜、莲花白和莴笋。走过菜园小径，来到厢房。这是一间茶室。两人对视而坐，品茗聊天。或许是宁静安详，香气就能致远，自然淳朴，甜蜜能达人心，原来是茶的香味把你引到此地。面对你的人，是位长者，身穿道袍，面色红润，眼神澄净，气质非凡。看见你来，朝你招呼道："茶度有缘人，来者是客，请坐下喝茶。"

与长者面对面坐着，背对你的人见长者与人打招呼，转过头来。

这一刻，你百感交集，眼泪差点夺眶而出，这个人正是让你郁郁寡欢的"元凶"——长顺如意。他上衣纯白，棉麻布料，下身裤子，纯黑，棉麻布料。脚上布鞋，手工，周边套麻，上面蓝布。重逢于此，他无惊无喜，脸色淡定平静，起身招呼你落座。

你坐下，心里咚咚直跳，对面前的这个人又气又恨，又爱又疼，完全不能平复起伏的内心，装着不看他，却又忍不住观察他。他还是和之前见过的没有什么两样，也没有什么变化，还是模样好看，声音动人，见多识广。

"茶度有缘人，这位女士请用茶。"长者把茶递给你。

你谢过长者，端起茶杯饮茶。茶杯来自瓷都景德镇，杯身刻有"冰壶秋月"四字。你注意到长者的茶杯与你们的有所不同，上面写着"厚道"二字。

茶室简陋，稻草作顶，墙壁斑驳，但干净整洁。一张方形木桌上铺一茶席，煮水壶、盛水木盆、茶叶罐、茶杯，茶器古老显旧，但干净无比。铜器花瓶尤其扎眼，瓶内一株杜鹃，枝茂花肥。

你抿了一口，如果说之前是被香气倾倒，而此刻则是沁入心脾。你的内心突然安静下来，烦恼不在，忧伤消失，之前内心波澜起伏，对眼前这个人的悲欢喜厌也渐行渐远。此时有人找来，长者起身离去，屋内只剩下你和长顺如意。

"做梦也没有想到，我们会在这里重逢。我早上还和无名先生打赌，今天天气不好，路上湿滑，不会有人来。无名先生说，有客，而且是女客。不出他所言，你真的就来了。他真是高人。来来，茶度有缘人。"

"感谢你救命之恩。本来想第二天好好谢谢你的。"你满脸通红，举杯对他说道。

"举手之劳，不值得记挂。"他说。

你还想沿着这个话题，回忆你们在一起穿越十二背后的点点滴滴。他则转移话题，对你说他从来没有遇见过这么幽静，只有在梦境中才有的道观。群山环抱，山谷之中，溪流不息，浓雾弥漫，让人如梦似幻。他说，前两日，他一人进得山来，见过玉女峰，乘竹筏，在九曲溪上漂荡，却就像看一幅画，闻香识美，进入这山谷之中，浮躁的内心得以安静下来，从来没有过的感觉油然而生，他就请求住持，在此做义工。不想却遇见了老朋友——无名先生。

"书籍虽小，却养人心；生意再大，难逃苦海。"

你脱口而出，"厚道"杯子的疑惑也找到了答案。

"对，你也知道厚道书店？"

"知道，在……在……网上看过介绍。"你本来想说在一封信里看到过，但觉得不妥，吞吞吐吐，改成了"网上。"

在他面前，你觉得自己是如此的渺小，如果说他是一棵茶树，你不过是茶树上那微不足道的一寸青苔，你有千言万语要对他说，却难于上青天。你就像做错事情的小孩，把头埋得很低，几乎就要低到尘土里。他看起来很安静，今日再次相见，他的内心并没有泛起波澜。或许，他长年累月地行走在地球的任何一个角落，总会遇见各种各样的人，总会有很多不同寻常的重逢，已经见多不怪。

无论如何，你突然觉得，今天重逢，你再不表白，就会错过，错过一生一世。但好几次话要出口，却因为羞涩又没能把话挤出口。

"你要在这里待多久？"

"可能会很长。世界很大，但要自己喜欢，又能住下来的地方，真不多，既然这次与这里有缘，肯定会住到心满意足，才会离开。"

"说来你可能不相信，我今天迷路，是这茶香带我来到这里的。这是什么茶？香味悠远，特立独行。"

"大红袍。武夷山大红袍原本生长在武夷山九龙窠内一座陡峭的岩壁上。大红袍茶冲至9次，尚不脱原茶真味——桂花香。而其他名茶，冲至7次，味就淡了，大红袍因此获得'茶中之王'的美誉，名扬四海。九龙窠内的大红袍后经无性繁殖，在武夷山下成片种植。我们今天喝的来自山谷深处，是一名叫黎叔的茶农所种。说黎叔是茶农也不全对，他还开有一家民宿。黎叔的民宿在武夷山下，听得见水声，看得见茶园，山中人家，几亩薄田，种有白菜、豆荚、玫瑰、樱桃，养有鸡鸭、兔子和藏獒。"

正说到这儿，无名先生走了进来。

"人间一趟，不过是一场梦，彼此能在此相遇，心怀感激。贵州一位学禅的朋友送的好茶，一起分享。"

无名先生把牛皮纸装的一包茶叶和三个玻璃杯轻轻放在桌上。玻璃透明无尘，牛皮纸上的毛笔小字"松无古今色"尤其扎眼。"松无古今色"，你觉得这几个字好面熟，但想不起来在哪里见过。你想向无名先生请教这几个字的深意，还未开口，只听无名先生又说道：

"最适合配好茶的水，在茶圣陆羽看来，以山泉水为上，江水与井水次之。山泉水经过层层过滤，饱满丰盈，出来的茶汤细腻。煮水的过程分为三个阶段：当水面冒出鱼目般的细泡时，称为一沸；当气泡有如水晶珠子般滚动泉涌时，称为二沸；当壶水如波涛汹涌，翻腾不已时，则是三沸。用山泉水泡绿茶，二沸最好。"

正说间，他揭开壶盖，气泡有如水晶珠子般滚动泉涌。他用水涮了一下杯子，轻轻打开牛皮纸，每个杯子放入一小勺茶叶。茶叶卷曲、匀整、绿润。他依次端杯子递给长顺如意和你，让你们闻。热气从杯中冒出来，一股春天野花清香在鼻间蔓延开来。

无名先生接过玻璃杯，把水倒入杯中。茶如舞者，舒展开来，一叶一芽，傲然独立，犹如出水芙蓉浮于清溪之上。待茶叶渐渐沉入杯底，水也渐渐变成黄绿色。待丝丝缕缕的水汽散去，举杯入口。

"清香淡雅，直透肺腑。好茶，好茶。"长顺如意一边喝，一边说道。

我喝了一口，只是觉得一股浓烈的苦涩味。随即说道：

"好苦。"

"苦，是很多人对茶汤最深刻的印象。在《吃茶养生记》中，荣西和尚将苦味列为无味之中的至味。茶是苦味之首，心脏是五脏之首，它喜欢苦味，所以说茶是万物之首。正所谓苦水不去香不来。苦味是香气的骨架，就好似脊柱之于身体，抽离了苦味，游离在空气中的香气就显得恍惚而不真实。"

无名先生放下杯子，继续说道：

"这茶来自贵州一个叫云雾的地方，朋友带来，我也是头一次喝到它。这股清香，让我想起唐朝诗人卢仝的《走笔谢孟谏议寄新茶》诗：'一碗喉吻润，二碗破孤闷。三碗搜枯肠，唯有文字五千卷。四碗发轻汗，平生不平事，尽向毛孔散。五碗肌骨清，六碗通仙灵。七碗吃不得也，唯觉两腋习习清风生。''七碗'之后，卢仝疾呼'蓬莱山，在何处？玉川子，乘此清风欲归去'，这应该也是天下茶人的梦想。或许，恰恰是这一碗到七碗的精彩绝唱，把品茶的审美升华到精神领域。"

"'松无古今色'也是诗人卢仝的诗？"你冒昧问无名先生。

"不是。宋朝普济禅师编集的《五灯会元》卷十八有一句'竹有上下节，松无今古青'，后在辗转流传中演变成了'竹有上下节，松无古今色'。普济禅师12岁入佛门，后来拜径山三十二代住持浙翁如琰为师学禅，后来普济禅师成为灵隐寺的住持，《五灯会元》就是普济禅师在灵隐寺期间主持编撰的。现在很多茶室尤其是日本茶室，将'松无古今色'做成挂轴挂于茶室，作为茶室第一重要的茶具，旨在提醒用茶人，敬仰禅者的气魄与格局，反省自己的未悟之心，洗去浮躁心尘，回归生命本真。在日本人眼里，'松无古今色'这几个字禅机丰厚深邃，禅机勃发，表现了无我无心的自己，是真正的勇者、智者。"

"我听说，日本的茶道源自径山寺。"长顺如意说道。

"确实是这样。杭州径山，禅茶一味，以茶论道。径山有森林、竹海、古道、溪流、峡谷、碧湖，山清水秀，风光迷人。宋时径山寺盛行'茶宴'，这是径山僧以茶论道的丛林清规之一，也是古刹以茶代酒、宴请上宾的仪式。宋朝人生活精致，径山寺禅茶逐渐形成了一套点茶、斗茶的茶会、茶宴礼法。其中径山茶宴包括击茶鼓、张茶榜、设茶席、礼请主宾、煎汤点茶、分茶吃茶、谢茶等十数道仪式程序，宾主或师徒之间用参话头的形式问答交谈，机锋偈语，慧光灵现。南宋理宗端平二年，也即1235年，日本和尚圆尔辨圆乘货船到中国求法，6年后，圆尔辨圆返回日本。带回《大明录》等经典和书籍一千余卷。日本从宋代开始向径山学习，带回去径山清规，径山寺茶礼在日本辗转流传，融入当地文化和风俗，逐渐形成自己的规制。在 15 世纪形成茶道。后经茶道集大成者千利休全方位的改革和完善，逐渐成为日本文化和民族精神的代表。2011 年，日本大地震，人们对电视上所见避难的日本人井然有序、平静坦然记忆犹新，世人惊呼'见识了一个高度发达、有序的社会在大灾难面前的镇静与自律，即便是非常时期，人们似乎也没有乱作一团、狼藉一片。这就是日本人！令人费解的日本民族'。其实，这便是中国禅宗旨要在日本寻常百姓身上的体现。"无名先生回道。

"日本茶道是从中国禅宗茶会发展而来的。如果研究禅宗，就会发现，它在强调道家的教诲。收摄心神，调节吐纳，这都是坐禅的要点，而老子的《道德经》早就提到了。禅宗提倡个人主义，与道家几乎一模一样。万物本无真实可言，一切源自内心变化。百丈怀海禅师有一次跟弟子走在林中，这时有只兔子见到他们，落荒而逃。怀海问弟子：兔子为何急忙离你而逃？弟子答道：因为它惧怕我。百丈则说，是因为你有杀生的天性。庄子也有类似的故事。有一天庄子与朋友在濠水的桥上散步，庄子叹道：'河里的鱼是多么快乐啊。'他的朋友便说，你不是鱼，怎么知道鱼快乐？庄子答，你不是我，又怎么知道我不知道鱼快乐呢？千利休的成就之一是使得饮茶这一平常得不能再平常的事，充满了庄重的仪式和深义，如同天主教的弥撒。"长顺如意说道。

长顺如意话毕，无名先生点头。他喝了一口茶，把杯子轻轻放到桌子上，说道：

"千利休时代，日本的社会风气已经变得非常浮躁，人们很在意金钱和外表。千利休主张茶道不应该依赖于昂贵的茶具。带着岁月洗练之美的旧竹制茶勺会显得更有意境，因为在禅宗哲学中，万物皆不永恒、不完美、不圆满，物品被镌刻上岁月的痕迹，这些不经意的痕迹透露出独特的智慧并在使用者手中得到升华。'对于不完美的欣赏'的价值体系，此后逐渐影响了从建筑学到室内设计、从哲学到文学、从书画到园林……千利休唤醒了日本人对于陋外慧中和未加修饰的朴拙的审美情趣。千利休'和敬清寂'的茶道思想源于道家和禅宗，表面是美学的仪式，内里则是静水深流，演变为一门生命美学。禅宗的丛林制度，要求除了住持外所有的僧人来分摊全寺的内勤事务，园中锄草、种菜、打扫屋舍……最不起眼的环节都要求做到尽善尽美。轻如鸿毛的生活琐碎，体现生命的重于泰山，正是日本茶道内涵所在。"

　　长顺如意站起来，拿起水壶给无名先生和你加水。
无名先生继续说道：

　　"自千利休起，五百年来，日本的茶道讲究扎实的打
底功夫，课程不务虚，非常严谨，忠实于先行者，结合生
活中的每个细节，一点一点，缓缓累积。传统工匠埋头
苦干，锻炼指头功夫，时间长了，手到心到，指尖自然就
反射了内心的情绪。茶道初学者从'形'开始，再视情
况随机应变，最后继往开来，展现自我风格。这三个境
界，看似简单，其实很难。历程如同登山。登山口人群
熙来攘往，往上走，不再拥挤，再往上走，听不到凌乱的
脚步声，空水、无人、云飘、花开，高山没有峰顶，修行
没有终点。马上做，不思考，凭手的感觉行事，茶人常
年在固定的形式上演练，周而复始。茶道最讲究'形'，
先做出'形'之后，再在其中放入心。先取其形，后置
其心，以实现静心的目的。宋代著名禅僧圆悟克勤所著
《碧岩录》中有言：'日日是好日。'心境因修行得到改变，
即便是遇到生命逆流，也能保持平常心，一如茶人，面对
不同茶汤和茶客，能秉持此生唯一或是最终一次的态度，
心存感念而欢喜。"

无名先生端杯子喝茶，长顺如意说道：

"人生无处不在修行，喝茶更是如此。最普通的茶，经过插花备具、烧炭煮水、耐心候汤、闻香赏器、投茶注水、心灵品鉴等程序，一样能达到安定心神的作用。"

无名先生轻轻把杯子放到桌子上，说道：

"你说得是。国家长久苦难，当今的经济至上，已经夺走了中国人探索生命意义的热情。现在的很多中国人喝茶，或是尝尝味道，或是把它当成交际的一个媒介，已经失去宋朝的幽思情怀、清静无为，变得时髦功利，更谈不上人生禅味。人生若沏茶，重的东西要轻轻放下，轻的东西要重重放下。茶道从庸俗琐碎的日常生活里，锤炼出生命的精致唯美。学会喝茶，懂得茶道，并践行之，既是修行，也是修身养性。人生一世，险象环生。如不知道修身养性，终将被各种愚昧无知、喧嚣虚荣所困扰，纵使呼朋唤友、寻欢作乐，也不过是徒劳。"

窗外有鸟声传来。他们的话让你云里雾里，你还在寻思其中的深意，却听无名先生端起了杯子说道：

"别人的事不反对，自己的事不勉强。自己没有坏心，尽量包容万物。来，既然有缘坐在一起，就不要有主宾之分，茶如人生，一起体味这茶的醍醐之味。"

饮毕。杯子如针，轻轻放下。只听长顺如意用缓慢的语调说道：

"说起日本，我想起一个关于友谊的故事。名叫《菊花之约》，是日本江户作家上田秋成后期的作品。说的是两个相隔千里的武士成了朋友，结为兄弟。一个说，菊花开时，不管发生什么都将去拜访。另外一个说，无论发生什么，都将在家里等待他来拜访。两人别后，谁知道，那个主动说要去拜访的武士因卷入藩内纠纷而被软禁，不许外出，禁止寄信。不久，秋天到来，菊花盛开。对于武士来说，信誉重于生命。武士出去不得，只好剖腹自杀，变成鬼魂跑了若干里，同朋友畅谈于菊花前。之后，就消失无影。

"在日本，结为兄弟，对武士来说，是非常非常重要的关系，因为结为兄弟即是意味着生死与共，能完全为对方付出生命。不过这个来自《雨月物语》的故事并非日本原创，它改编自中国明代的话本小说集'三言二拍'中的《范巨卿鸡黍死生交》。但这篇话本小说又改编自《后汉书·独行列传》中范式和张劭的事迹，原故事素材没有这么激烈，以死相报、魂魄赴约的情节是没有的。在文献中，范式本人践行鸡黍之约，张劭死后，范式也只是千里送葬、修墓而已，小说家把故事改得这样惨烈，歌颂友谊，是因为深感友谊的悲哀。人类是孤立的。过去是，现在是，未来也是。人与人之间永远隔着一堵无法击破的墙，就算是无可挑剔的友谊和完美无瑕的爱情也无法彻底交融。这是人类生存的本质。一般的友谊甚至不能超越利害关系，马克·吐温说：'要是不借钱的话，神圣的友谊是那么稳固，融洽、忠诚、持久、矢志不渝。'只有死亡才能填补朋友间的那道鸿沟。"

"人类总归是孤立的，人与人之间永远隔着一堵墙，就算无可挑剔的友谊，也无法彻底交融。"让人震撼的友谊不过是小说家的笔下生花，那任何努力的爱情也终将是徒劳吧。你的内心突然浮现出电影《卡萨布兰卡》中《任时光流逝》的曲调来，各种悲伤的情绪汇集，你无心再听他们的谈论，找了一个借口走出门来。

雨已停了。云卷云舒，树影婆娑，鸟声不绝，虫鸣如歌。生机勃勃的场景总是能让人心生愉悦。你又觉得，人生若不去实践，又怎么能明白呢？不要考虑那么多啊，直接往前走啊。之前来时，大雨滂沱，一路泥泞，现在不又是碧空如洗，一路清新了么？你的耳畔又响起长顺如意的声音来，悦耳，让人着迷。

两人的谈话，让你对长顺如意更是佩服得五体投地。对他更是仰慕不已，你打算从今往后，不仅要好好学习，更要博览群书，以后才能配得上他。你走进茶室，他们谈兴正浓。你在寻思今天该如何和长顺如意单独聊聊，告诉他，你就是读到他信件并一直追随他的女子。可是证据在哪呢？对了，你出门时，根本不知道会遇到他，他留下的信件都放在家里，没有带来呢。你这样想着，于是就决定回去把那些信拿来再来找他。反正他最近会一直在这里，你就这样告辞了，匆匆忙忙地向他们告辞了。

"下山路滑，注意安全。"

长顺如意的嘱咐，让你从内心升起一丝感动，你觉得这个人还是很体贴人的，要是他爱上自己就好了。他会喜欢什么样的女子呢？他喜欢什么样的衣服呢？他是喜欢长头发，还是短头发，喜欢胖的还是瘦的呢？你脑子里很乱，你很想知道，却又无从知道。

他只是嘱咐了下你，并没有走出来送你。他继续和无名先生聊天。你觉得，如果不是和无名先生聊天，他应该会来送你的。

不过，你的心情已经大好。你感觉到从未有过的轻松，你原本以为自己会思念一生，而再见不着的人就这样重逢了，而且还听他说了一箩筐的话。

不过，你走出桃源洞的大门，又感觉不对了。坐车回福州到福清，如果遇到意外，被耽搁了呢？这个时间耽搁不起，多一天都有可能错过再次与他再见。你站着想了一下，决定到道观去做义工。做义工可以和他在一起，可以慢慢相处，把收到信件的事情告诉他，不，你觉得为了双保险，你让你妈妈回福清去拿信件，你就在这里做义工。这样想着，你又回到道观，去找道长。

"道长，我想请你帮忙，在这里做义工。"

"这里做义工很苦的呢，早上5点起床，挑水、劈柴、种茶、煮饭，各种杂活都要干。"

"我可以的。我明天上午就来，可以吗？"

道长点头答应了你。

雨又下起来了，山谷之中，如影似幻。

明天还将与他一起共事，你完全忘记了自己还在上学，完全忘记了。你沉浸在对长顺如意的幻想之中，沉浸在与他共事的各种美好的想象之中，就像一个吃了糖的小女孩，蹦蹦跳跳地走下山来，就像一个学会了轻功的练武之人，身轻如燕地走下山来。

# 4

山上的天气已然晴好，山下的雨却一直没有停歇，从昨天晚上到今天，一直缠缠绵绵。眼看你出去已经有好几个时辰，一直未回，你的妈妈再也坐不住了，穿上一件雨衣，冲进了雨中。

这路上，没有人影，只有雨滴；这路上，没有来者，只有她一个人像幽灵般横冲直撞。她突然觉得，女儿可能不会再回来了，丈夫漂洋过海，10 年过去，生死未知，杳无音信，如果女儿今天回不来，她也不想活了。她在大雨里哭了起来，雨水和泪水混在一起，雨声和哭声混在一起。她一直朝前走，像一头迷失在路上的驴。当她想到石竹山道士说的话后，就来到了武夷山南门的门口。

没想到，她的女儿正从里面走了出来。此时，你已经完全变成了另一个人。如果说从面貌变化来看，武夷山简直就是整容大师；如果说从人的精神上来看，武夷山完全是这个世界上最好的心理医生。当你站在她面前时，当你喊她妈妈时，她完全感受到女儿已经差不多恢复到过去活蹦乱跳的模样了。那些不开心和不快乐，那些之前在她身上出现的与年龄不相称的表情已经完全消失了。往日的萎靡不振、郁郁寡欢无影无踪了，剩下的是青春活力。你的脸上溢满了笑容，恢复了青春美少女的模样，从里到外焕发着无穷无尽的力量。

你的妈妈升起的怒火已经被你的变化浇灭，她把你拥在怀中。这是你上高中以后，你们第一次相拥。她松了一口气，心中对石竹山感激不尽，她已经不再关心她的女儿今天遇见了谁，是谁帮助了女儿走出人生的阴影，内心的激动已经让她忘乎所以。

你们手牵手回到住处，她给你端来热乎乎的饭菜，你大口大口地吃了起来。这个吃相只有在西藏之行前有，从贵州回到福清后，就了无影踪。她看到后，心里更放心了。人是铁，饭是钢。你活力无限地告诉妈妈，你已经走出了疾病的阴霾，已经恢复了之前的活力，为了能恢复得更好，你要明天再去武夷山，而且有可能会在道观里住上一段时间。你告诉妈妈，你不仅看到了山上的大红袍，而且还喝到最好的大红袍，你之前从来没有喝过这么好的大红袍，那个味道无法用言语来形容。你妈妈让你细说，你只是轻描淡写地说，你迷了路，是茶香救了你，让你走进了道观，并喝到了那杯茶。

"那杯茶就是大红袍？"

"对，就是。"

"这么神奇。那个梦是真的啊。"

"嗯，很神奇，所以我明天还要去喝，还要喝一段时间。"

"我陪你去。"

"不，大人不能去，去了就不灵了。"

"好好，你注意安全就行。"

"妈，妈妈。我想让你回去，帮我拿些东西。"

"我知道，回去帮你拿被褥、厚一些的衣服。你要住到山里，早晚凉。"

"不是，去帮我把我的那个上锁的箱子拿来，就是锁着我日记本的那个箱子。"

"你要写日记的话，在这里买个本子就行了。"

"不是，你一定要帮我拿过来，里面有很重要的东西，我急需用。"

"好吧，只要你健健康康的，要我做什么都行。"

你妈妈看到你已然大好了，于是凡是你说的，她都不再反对了。她很爽快地答应你，她明天一早就乘动车去福州，然后到福清，帮你把上锁的箱子拿过来。

这个夜晚，你的妈妈一直辗转难眠。她本来想穷根究底问清楚，你在武夷山上到底遇到了什么，为什么会突然有如此的变化。但她又担心，问了会适得其反，所以还是强忍住了。她打算等你完全康复后，再细问不迟。

这个夜晚，你睡得很香甜。天不亮，你就起来，向妈妈告别。你几乎是一路小跑着，来到了桃源洞道观。

这是一个晴天，太阳刚刚出来，浓雾还在山头弥漫，道观在雾气的环绕中，香炉香烟袅袅，犹如天上仙宫。

你没有看到长顺如意的身影。你从大殿到厢房，到茶室、菜地，从菜园到厨房，也没有找到他。你再次来到茶室，只见道长和无名先生正在烧水沏茶。见你来了，道长说：

"这么早就来了啊，吃过早饭了吗？"

"无名先生，他呢？"你没有回道长的话，而是急切地开口去问无名先生。

"谁?"无名先生歪着头看你。

"昨天一起喝茶的那个男生。"

"你说长顺如意?他走了,天不亮就走了。"

"去哪儿了?"

"不知道。"

"他不是说,他会在这里做很久的义工吗?"

"现在的年轻人都不靠谱,说来就来,说走就走。"道长说道。

"能告诉我他去哪儿了吗?"

你几乎要哭出声来,央求无名先生道。

"你不是来做义工的吗?"道长问你。

"非常不好意思,他若不在,我就不做了。"

"不可思议。现在的年轻人,真是不可思议。"

你痴痴地站在门口,心潮起伏。

"先进来喝口茶吧。这是祁门红茶,不苦。"

"谢谢无名先生,我不想喝。"

"茶度有缘人。来吧。"

你走进来,坐在茶桌前。坐下来,你完全忘记了要做的事,一脸呆痴地朝窗外看。窗外远处是一池水,在太阳的照射下,闪着光芒。

水开了，一如昨日，无名先生把杯子像针一样轻轻放下，倒茶。道长则双手重叠放在腹间，双眼紧闭，似在养神。

"茶度有缘人。厦门有座山叫北辰山，山上有一块石头叫三生石，三生石旁有一座桥叫仙人桥。你今天到仙人桥，能见到他。"

你赶紧谢过无名先生，和道长作别，前往厦门北辰山。

第四章

# 北辰山

你从武夷山来到厦门时，已经是下午一点了。你马不停蹄，直奔北辰山。

　　北辰山在厦门同安区五显镇。你从山下的广利庙上行三百米，来到水天洞。只见洞外榕荫蔽日，山梁奇石互倚，松柏郁郁葱葱，有飞瀑声传来。顺着瀑布声前行，只见一股清泉从五百米高的石崖上层层跌落。飞瀑经过不同高度的裂隙、台阶和石穴，积成水潭，水清见石，细细数来，一共十二个。你想这一定就是厦门二十名景之一的十二龙潭。在平台仰望，飞瀑好似一串银珠，形状如人参，怪不得人们也叫它人参瀑。

　　你继续往北辰山最高点——牛岭峰前行，小径石块交织，清幽古朴。沿途很少看到游人，随处可见摩崖石刻，突然有人进入视线，也多半是景区里的工作人员。他们或是砍树修桠，或是开路铺石。山间奇石密布，古树生机勃勃，或是笔直冲天，或是弯腰驼背，或是横跨山崖。经过几块大石头，穿过几株形状怪异的古树，只见一个路牌上写道：

相传女娲在补天之后，开始用泥造人，每造一人，取一粒沙作计，终而成一硕石，女娲将其立于西天灵河畔。此石因其始于天地初开，受日月精华，灵性渐通。不知过了几载春秋，只听天际一声巨响，一石直插云霄，顶于天洞，似有破天而出之意。女娲放眼望去，大惊失色，只见此石吸收日月精华以后，头重脚轻，直立不倒，大可顶天，长相奇幻，竟生出两条神纹，将石隔成三段，大有吞噬天、地、人三界之意。女娲急施魄灵符，将石封住，心想自造人后，独缺姻缘轮回神位，便封它为三生石，赐它法力三生诀，将其三段命名为前世、今生、来世，并在其身添上一笔姻缘线，从今生一直延续到来世。为了更好地约束其魔性，女娲思虑再三，最终将其放于鬼门关忘川河边，掌管三世姻缘轮回。当此石直立后，神力大照天下，跪求姻缘轮回者更是络绎不绝。当你来到此地，你就是三生有幸之人。三生石距此 300 米。

再走 300 米就到了，你的步子迈得比之前更快了。几分钟后，只见一座拱形廊桥架在山谷之间。你眼前一亮，走上前去，只见桥的右边有一块巨石，上写"三生石"三个大字。石头上长了多棵古树，树枝上挂有很多红布条，条上写满各种各样祈福的话。桥上建有凉亭一座，两岸之间，连成一片。亭子中央供奉观世音菩萨，案头有香、打火机，周围挂满红布，布上写有"有求必应"的字样。外门柱上张贴有对联：身坐莲台观四海，手提如意定乾坤。横批：佛光普照。内供观世音菩萨，两旁也写有对联：道树一林花，珠衣千古佛。你向功德箱里放了三十元钱，拿起打火机点了三炷香，并跪在坐垫上，磕了三个头。起身走出廊桥，抬头看见在山谷之中，三生石旁，亭子内，有一个相机架，一个人正手端相机侧身拍远处山谷。侧影是如此的熟悉，肩宽腰细，你细看，正是长顺如意。你心情激动，不知所措。

你想跑过去，把在林芝"云上发呆"看到信件后一路追随，后来在武夷山重逢又没有来得及诉说却又分离的这一切，都对他和盘托出。若他对自己无意，此生也不再留下遗憾。但这样莽撞上前，你又感觉不妥。眼看他起身要离去，想到之前他救你时说过"救人一命，胜造七级浮屠"，决定假装跳桥。但当手扶到廊桥，又感觉这样做太过做作。你想，虽然手里没有他写的那些信件，但那些信，尤其是第一封信，你已经谙熟于心。周围除了他和你，再没有其他人影，你整了衣服上的褶皱，瞟了一眼他的所在，侧身坐到廊桥上，伸了伸脖子，开始大声背诵起他写的第一封信来：

《本草恋歌：在你喜欢的厦门等你》，我很喜欢这本书。我希望我的这次旅行，就像书里写的一样，会有最美的遇见。

我一直告诫自己，人生苦短，生命宝贵，不要去做自己不喜欢的事，不要去和自己不在同一频道上的人交往。如果你能看到这封信，并不讨厌，想必我们有缘。

我叫长顺如意，是一名自由摄影师，摄影既是我的爱好，也是我的事业。一个人最大的幸运，莫过于在他年轻的时候，发现他人生的使命。我热爱摄影，把地球美景呈现给世人，就是我的使命。

我这次来林芝，主要拍摄南迦巴瓦峰。在地球上，再没有哪座山峰，能像南迦巴瓦一样美得如此绚丽夺目。它是一柄直刺蓝天的长矛，珠穆朗玛峰其实也只有它的一半高。南迦巴瓦峰海拔 7782 米，珠穆朗玛峰 8848.86 米，相比之下南迦巴瓦峰似乎矮了不少。但，海拔是以海平面为标准的，而非以山脚为标准。珠穆朗玛峰虽高，但大本营海拔已是 5200 米。其相对高度不过 3600 余米。而南迦巴瓦山峰脚下是地球上最深、最长的峡谷——雅鲁藏布江大峡谷，江面海拔最低处不及千米，南迦巴瓦峰相对高度接近 7000 米，这个数值足以让世人震惊。从印度洋吹来的暖湿气流翻越不过南迦巴瓦峰，于是只能下沉。海拔降低，温度就会升高，印度洋气流在南迦巴瓦低海拔的山坡南麓堆积，又热又湿。于是南迦巴瓦的山坡形成了热带雨林。山脚下是热带雨林，山峰上是冰天雪地，其间垂直分布着地球上所有的自然带，好似从赤道到两极。或许正是这高得让人震惊的南迦巴瓦峰，造就了林芝独一无二的桃花与雪山共存的美景。

　　天公作美，一路顺利，我拍到了我满意的南迦巴瓦峰。我想要不了多久，全球各地的人就会从网上和杂志上通过我的摄影作品，再次认识南迦巴瓦峰，认识林芝雪山桃花，当然还有"最美书店"——"云上发呆"。

在很多人眼里，"云上发呆"只是一个提供食宿的庄园，我则以为，它更是一家雪域高原上的"最美书店"。这里桃花绕屋，背倚雪山、面朝湖泊的读书环境，让人乐不思蜀。

我喜欢逛书店。法国巴黎的莎士比亚书店、荷兰马斯特里赫特的天堂书店、葡萄牙波尔图的莱罗书店、希腊圣托里尼岛上的亚特兰蒂斯书店、美国洛杉矶市中心的最后一家书店、日本东京代官山的茑屋书店，都曾留下我的足迹。我喜欢在书店里，点上一杯咖啡，翻开一本书，任时光流逝。喜欢听书店里翻书的声音，喜欢看人们走向书架、寻找书籍的眼神……

你的声音回荡山谷，鸟声不绝，好似伴奏。

不等你朗诵完，他背着相机、扛着相机架朝你走来，来到你的面前。你的眼泪滑落下来，你站起身来。他把你紧紧地抱在怀中。你像发了疯一样，紧紧地抱住他，就好像抱紧一棵救命稻草。而他也轻轻对你说道：

《本草恋歌：在你喜欢的厦门等你》，我很喜欢这本书。我希望我的这趟旅行，就像书里写的一样，会有最美的遇见。我会带你去长顺，不是为你画一幅画，而是用我的相机，让你的美在"中华银杏王"下定格。